虹色の魂

―永遠の愛―

青居蒼空
AOI SORA

幻冬舎MC

虹色の魂

――永遠の愛――

目次

第一章　今生の別れ

青い空を眺めていると、いつの間にか僕は、雲の上で浮いていた。見下ろすと、真っ青な海が広がっている。

空も海も綺麗なのに、急に不安になった。

「お母さん」

僕は呟き、母を捜そうとその場を離れようとするが体がいうことを聞かず、ただ浮いているだけだった。

「お母さん！」

今度は大きな声で母を呼んだ。すると突然、空が赤くなり、僕は真っ逆さまに海に向かって落下した。体中に針が刺さったような感覚を覚える。痛みはないが、皮膚も肉も散り散りになり、骨だけになるのではないかと思うほどのスピードだった。恐怖で声が出ず、心の中で何度も何度も、母を呼び続けた。

＊

二〇〇一年十二月二十四日

「光《ひかる》、光」

目を開けると、母が僕を呼んでいた。

「こんなに泣いて、怖い夢でも見たの？」

母は水色のシャツの袖で僕の涙を拭いながら、心配そうに問いかけた。僕は小さく頷いた。

起き上がろうとすると、腰から下に違和感があった。お尻に手を伸ばし、もぞもぞしていると、

「しちゃったの？」と母が布団をめくる。

いつの間にか後ろにいた父も、「しちゃったか」と、苦笑しながら僕を抱き上げた。

「おお、世界地図みたいだな」

〝おねしょ〟の跡に、父が感動している。

「この前は日本列島だったわよ」

母がシーツを引き剥がしながら笑った。

「ごめんなさい」

僕は蚊の鳴くような声で謝った。

「気にするな。お父さんも子供の頃はしてたぞ。光と同じ五歳の頃はしょっちゅうだ。小学校に通う前にしなくなったから、光も大丈夫だ」

父が大きな手で、僕の頭を撫でる。

「お父さんそっくりだから、光もそのうちおねしょしなくなるわよ」

そう言って、母は「今日のお空も元気だな♪　太陽さんも笑っているよ♪　ふっふっふ～」と、自作の鼻歌交じりに階段を下りていった。その鼻歌を聴くと、どんなに落ち込んでいても不思議と気分が良くなった。

「朝風呂に入ろう」

父は僕を抱き上げると、浴室に向かった。

裸になると、母が僕の頭にシャンプーハットをかぶせる。頭を洗う時に、お湯が顔にかからないようにするためだ。

なぜなら、僕は水が怖かった。湯船には緊張しつつもなんとか入ることができたが、恐怖だったのは髪を洗う時だ。

顔に水がかかると、暴れて発狂するほどだった。さらにプールは水面を見ただけで、恐怖心で体の震えが止まらなくなる。

この状態を心配した母が、病院に連れていこうとしたが、父も子供の時は水恐怖症で、成長するにつれ治ったと聞き、心配はなくなったようだ。

「光は俺に似て二枚目だなあ」

湿らせたタオルで、僕の顔を拭っていた父が言う。

「二枚目って何?」

僕が首をかしげると、「かっこいい男って意味さ」と、父が得意げに微笑む。

「自分で『かっこいい』なんて言う?」

僕の体を拭こうと、脱衣所で待っていた母が大笑いした。

「俺だけじゃないさ。彫りが深くて整った顔で、モデルみたいだってみんな言ってるよ。光もそう思うよな」

父がむくれて、僕に同意を求める。確かに父は、身長百八十センチで、目は切れ長なのに、はっきりとした二重で鼻筋も高い。

「うん、お父さんも僕に似てかっこいいよ」

腕を組んで言った途端、母の笑い声が家中に響き渡った。

お風呂から上がった僕の体を拭いた母は、洗濯物を干しに階段を上がっていった。

父が僕の髪を乾かしていると、三階のベランダから母が何か叫んでいる。ドライヤーの電源を切り、父と二人で耳を澄ます。

「彩雲が見えるわよ！　早く上がってきて」

母が興奮気味に僕たちを呼んでいる。僕と父は顔を見合わせ、階段を駆け上がった。ベランダに立ち、空を見上げると、虹色の雲がゆっくりと流れていた。

「キレイね」

母が、うっとりと見惚れている。

「熱帯魚が空で泳いでるみたいだね」

家族三人で行った、水族館の熱帯魚を思い出した。いつも見ていたのは、食卓に上がる青魚や白魚だったので、色鮮やかに光る熱帯魚を初めて見て、虹のようだと感動したのだ。

「光、五歳の誕生日おめでとう」

いつの間にか父と母の目が空から離れ、僕を見ていた。

〝おねしょ〟ですっかり自分の誕生日を忘れていた僕は照れながら、「うん」と小さく頷いた。

彩雲を堪能した後、二階のダイニングで、いつもより遅い朝食を済ませた。母は午後の一時から近所のケーキ屋で働いているので、昼過ぎには出かけてしまう。そう考えると僕は落ち着かず、リビングのソファにもたれている母にぴったりと寄り添った。

「今日の彩雲は特別キレイだったわ」

母が呟く。

「ああ、本当にキレイだったな。でも、お母さんのほうがキレイだよな」

いつの間にか父も母の横に腰を下ろしていた。

ここでも同意を求められた僕は、「うん、お母さんは、キレイだよ」と、母の膝の上に乗った。母は、にっこりと笑い頬を赤らめた。

高校の同級生だった母と父は大恋愛の末、二十歳という若さで結婚を決めた。

母の両親は、母が高校に上がる前に離婚したという。僕にとっては祖父母にあたるが、祖父は離婚後すぐに新しい家庭を持った。

祖母は母と伯父を養うため、懸命に働いた。

だが、母が高校二年の時に病に倒れ、この世を去った。当時二十歳だった伯父は大学を辞め、化粧品の製造販売会社に就職した。その会社がアメリカに進出することになり、母の高校卒業と同時にアメリカに渡った。

ひとりぼっちになった母の心の支えになったのが父だったと、後に伯父が教えてくれた。

確かに父方の祖母が、〝ラブラブ〟という言葉を使うほど、二人は仲が良かった。

僕が生まれてからもっとラブラブだと祖母は笑っていた。

母が僕を抱きしめると、父が焼きもちを焼いて、「俺も俺も」と駄々をこねた。

「お父さん、大人げないよ」

僕は大げさに呆れた顔をしてみせる。

「大人げないなんて言葉、どこで覚えたの」

母が目を丸くした。

「本当に光はませてるな。言うことが五歳児とは思えない」

父が顎に手を当て唸《うな》った。

「お父さんが子供みたいなんだよ」

僕は腕を組み、顎を上げる。

「そんな生意気言うと、コチョコチョ攻撃だぞ」

父の手が、僕の脇の下や腰をくすぐりだした。僕は笑いながら、コチョコチョ攻撃から逃れようと、右に左に体をひねらせる。父と僕がじゃれあっている間に、支度を済ませた母は、キッチンで水を飲んでいた。

僕は父から逃れ、母のもとへ駆けだし、右足にしがみついた。

「もう行くの？」

目を潤ませ見上げると、母が笑みを浮かべ頷く。

「光の誕生日ケーキを買って帰るから、楽しみに待っててね」

「うん、分かった」

そう言いながらも僕の腕は、母の足から離れない。

「光、アニメが始まるぞ」

父がアニメのビデオを再生し、僕を呼び寄せる。普段なら父の誘惑に負ける僕だが、なぜかこの日だけは違った。

母から絶対に離れてはいけない気がして、僕は必死に母の足にしがみついていた。

ひきずられるようにして、そのまま玄関まで行くと、父の手がにゅっと伸びて、僕の体を抱き上げる。母は名残惜しそうに、僕の頬にキスをした。

それを見て頬を差し出す父にも、母は笑いながらキスをする。

「行ってきます」

満面の笑みで、母は家を後にした。

「光、お母さんが帰ってくるまでにやることがたくさんあるぞ。ちょっと待ってろ」

父はソファに僕を座らせると、階段を駆け上がっていった。

暫くして屋上にある収納庫から、クリスマスツリーと大きな袋を抱えて戻ると、部屋の真ん中に置く。高さ百センチほどで、それほど大きくないが僕の身長と変わらないので、飾り付けをするのに丁度良い大きさだ。

毎年、十二月の最初の日曜日には出していたが、今年は父も母も仕事が忙しくて遅くなったのだ。

「よし、一緒に飾り付けしよう！　お母さん、喜ぶぞ」

父は袋から色とりどりのオーナメントを取り出す。僕が好きな雪だるまやキャラクターの物もあり、一瞬にして気持ちが舞い上がる。

「僕、サンタさん作ったよ」

保育園で作った折り紙のサンタクロースを、かばんから取り出し父に見せた。

「かわいいなあ。お母さん喜ぶぞ」

父に褒められ有頂天になり、ツリーの周りをひらひらと踊りながら飾りを付ける。

ツリーのてっぺんにお星さまを飾ると、母が毛糸で編んだ赤地に白い縁取りの靴下をツリーの下に置いた。長さが五十センチはある大きな靴下だ。

「これなら、光がサンタさんにお願いしてたプレゼントも余裕で入るな」

父が靴下と自分の足を比べながら笑う。僕も満足げに頷いてみせる。

「お父さんは、サンタさんに何をお願いしたの？」

聞くと、父は少し間をおいてから、「お母さんと光がずっと幸せでいられますようにってお願いしたのさ」と、僕の頭を撫でた。

「えっ、それはプレゼントじゃないよ」

「目に見えないプレゼントだってあるんだよ」

父がにっこり微笑む。

「僕、合体ロボットやめようかな」

僕は意を決して言った。

「お父さんがみんなの幸せをお願いしたから、大丈夫。それにもう、サンタさんは光のお願いを聞いて、合体ロボットを用意したと思うんだ」

父は慌てて僕の両肩に手を置いた。

僕はちょっぴりほっとした。誕生日のプレゼントは、父と母から恐竜の図鑑で、祖母のふくちゃん（祖母が自分で決めた呼び名）からは三輪車だ。どれも飛び上がるほど嬉しかったが、サンタさんからのクリスマスプレゼントは、三ヶ月も前から僕が楽しみにしていたプレゼントだった。

明日の朝には、母が作った大きな靴下の中にサンタさんからのプレゼントが入っている。

そう考えただけで、ワクワクした。

「よし、飾り付けも終わったし、次は何をしようか」

父が言った時、玄関のチャイムが鳴った。

「誰かな？」

父が玄関のドアを開けると、見慣れた二人が立っていた。同じ保育園に通っている可憐《かれん》ちゃんとお母さんだ。近所に住んでいるので、父も何度か顔を合わせている。

「こんにちは。突然すみません。可憐がどうしても光くんに、お誕生日のプレゼントを渡したいと言って」

可憐ちゃんママは、後ろで恥ずかしそうにしている可憐ちゃんの体を前に押しだした。

「光くん、お誕生日おめでとう」

そう言って、可憐ちゃんはリボンの付いた大きな袋を僕に差し出す。保育園では一緒に遊んだり手をつないだりすることもあるのに、外で会うと急に恥ずかしくなる。

「ありがとう」

僕は俯《うつむ》きながら、受け取った。

「なんだ光、照れてるのか」

父が冷やかすと、「可憐も恥ずかしいみたい」と、可憐ちゃんママもクスクスと笑った。

「光くん、また明日ね」

僕はコクンと頷いた。

「わざわざ、ありがとうございました」

父が言うと、可憐ちゃんママは、可憐ちゃんと同じ丸い顔で満面に笑みを浮かべ頭を下げた。

「光くんバイバイ」

可憐ちゃんは手を振りながら帰っていった。

早速プレゼントを開けてみる。

画用紙と二十四色のクレパスだった。今持っているのは十二色で、折れたり短くなったりしていたので、新しいのが欲しかった。

保育園で一緒にお絵かきしていた可憐ちゃんは気づいていたのかもしれない。

「僕、可憐ちゃんをお嫁さんにする」

唐突に宣言したので、父は目をパチクリさせて笑った。

「そうか、じゃあ早く大人にならなくちゃな」

「うん」僕は大きく頷いた。

画用紙とクレパスがテーブルの上に並んでいる。僕は父の横に置かれた小さな椅子にちょこんと腰掛けると、クレパスを手に取った。

水色の空に赤、橙、黄色、緑、ピンクを使い、母の好きな彩雲を、長い時間をかけて描いた。空の下で僕と父、母、ふくちゃん、そして可憐ちゃんが笑っている。

「描けたよ」

横にいる父に目を向けると、テーブルの下に足を伸ばしたまま仰向けになり熟睡していた。僕はソファに置いてあった自分用のブランケットを父にかけ、横に寝そべるとゆっくりと目を閉じた。


鳴り響く電話の音で父が飛び起き、受話器を手に取る。

「はい、諏訪です……。なんだ沙代子か。どうした？　ちょっと待って」

僕は父から受話器を受け取った。

「お母さん、まだ帰ってこないの？」

「光、ごめんね。お母さん帰る途中でケーキを落としちゃったの。それで今、ケーキ屋さんに戻ってきたんだけど、今年だけチーズケーキでもいいかな？」

「嫌だよ！　僕、イチゴがのってるケーキじゃなきゃ嫌だ」

僕は眉を寄せ地団太を踏んだ。

へそを曲げる僕に、見かねた父が僕の手から受話器を奪う。

「もしもし、うん、駅前の？ 分かった」

苦笑しながら父は電話を切った。

「お母さん、イチゴのケーキ買ってくる？」

僕は上目遣いに父を見る。

「うん、駅前のケーキ屋さんに行ってみるって……だけど、そこにもなかったら明日一緒にイチゴのケーキを買いに行こう。今日はお母さんも仕事で疲れてると思うから」

父は僕をなだめるように背中をさすった。

「うん」

母の疲れた顔を想像し、僕は素直に頷いた。

その後、父が録画したアニメを見ていると、また電話が鳴り響いた。

「お母さんだ」

父が勢いよく立ち上がり、受話器を取った。

「はい、沙代子は僕の妻です……。えっ、沙代子が、ですか？　はい、すぐに向かいます」

父が受話器を握ったまま呆然としている。

「お父さん、誰から？　お母さんは？」

僕が声をかけると、父はハッと我に返り、

「光、出かけるぞ」と、電話機の横にあった車の鍵を取り、僕を抱き上げた。

外はすっかり暗くなっている。父は後部座席のチャイルドシートに僕を座らせると、即座に運転席に乗り込み車を発進させた。外の暗さと車内の静けさで僕は不安になる。

「お母さんどうしたの？　お母さんのところに行くの？」

父に問いかけてみるが、一向に答えは返ってこない。父は真っ直ぐ正面を見つめたまま、何かを考えているように見えた。

僕は僅かな光を探すように、窓の外を眺めた。

車は大きな通りに出ると、クリスマスの電飾で輝く建物の間を通り抜ける。さらに車が加速し、スピードを上げると、たくさんの光が筋になって流れているように見えた。

光が消え去り、暫く暗い道を走った後、ようやく車は大きな病院の駐車場に停車した。

父は車から降り、チャイルドシートから素早く僕を抱き上げると、駆け出した。

振り落とされそうで、僕は必死に父にしがみつく。

病院の裏手にある自動ドアから中に入ると、看護師が駆け寄ってきた。

「諏訪さんですか？」

「はい、妻は、妻は……」

息を切らしながら父が声を絞り出す。

「こちらへ」

看護師が僕たちを案内する。

「こちらでお待ちください」

それだけ言うと、足早に処置室へと入っていった。

父は僕を長椅子に座らせた。

「ふくちゃんに電話してくるから、少し待ってて」

父は出入り口にあった公衆電話に戻っていった。父の後ろ姿を見ると、コートも着ずにジャージ姿のままで、足元はゴミ出し用のサンダルを履いている。僕もコートを着ていないことに気づき、急に体中が冷たくなった気がした。

ほどなくして、父がサンダルの音を響かせ戻ってきた。

「ふくちゃんが迎えに来たら、光は先に帰ろうな」

「でも僕、お母さんに会いたいな」

「お母さんは怪我をしていて、すぐには帰れそうにないんだ。だから光は家でおりこうさんにして、ふくちゃんと一緒に待っててくれるかな」

「うーん、いつ帰ってくるの？」

　僕が不安げに父のジャージの裾を掴むと、「まだ、分からないんだ。分かったら電話するから、光、待てるよな？」と、父が僕の両手を握りしめる。

「うん、分かった。絶対電話してね。絶対だよ」

　頷くと父は僕を抱きしめた。

　病院の中なのに、どこから流れてくるのか、ひんやりとした風が頬に触れる。僕は父の胸に顔を埋《うず》めた。暫くその状態でうとうとしかけていると、バタバタと馴染みのある足音が近づいてきた。

　病院には不釣り合いな、つばの広い帽子を被り、恰幅のいい体に花柄のワンピースを纏った、祖母のふくちゃんだった。旅行から帰ってきたふくちゃんは、大きなトランクケースを長椅子の脇に置き、肩で息をしている。

「随分早かったね」

父が立ち上がり、僕の横にふくちゃんを座らせた。

「空港からタクシーに乗ってマンションに帰る途中で、あなたから電話がきて、丁度ここの近くだったのよ。それより、どういうこと。一体何があったの？」

大判のタオルハンカチで首もとの汗を拭いながら、ふくちゃんは父を見つめた。

「まだ俺も詳しいことは聞けてないんだ。沙代子も処置室に入ったままで……母さん、悪いけど、家に帰って光の面倒をみてくれないかな。詳しいことが分かったら、すぐに電話するからさ」

「それはいいけど……。達彦も光もそんな格好で寒いでしょ」

ふくちゃんは、引きずってきたトランクケースを開けると、父に自分のダウンジャケットを手渡す。

「光は、丁度お土産で買ってきたから、これを着て」

続けてトランクケースから、値札が付いたままのコートを取り出した。

ふくちゃんが僕にコートを着せていると、二人の男が近寄ってきた。一人はグレーのスーツを身につけた年輩の男性で、もう一人はジーンズを穿いたラフな格好の若い男性だった。

「諏訪沙代子さんの、ご家族ですね」

年輩の男性が警察手帳を翳《かざ》す。

父が緊張した面もちで、両手をぎゅっと握りしめる。

「はい、そうです」

答えてから、ふくちゃんに目配せをして、僕を椅子から下ろした。

「光、行こうか」

ふくちゃんは、僕の手とトランクケースを引きながら病院を後にした。

「光、起きて！」

翌朝、ふくちゃんの慌てふためく声に起こされた。僕が寝ぼけ眼《まなこ》で起き上がると、ふくちゃんは素早く僕を着替えさせ、家の前に停車させたタクシーに乗り込んだ。

「市民病院まで急いでください」

そう言ったきり、ふくちゃんは無言のまま前を見つめていた。昨晩の車を運転している時の父の目と一緒だと思った。話しかけてはいけないような気がして、僕も無言のまま、窓から見える景色をただじっと見つめていた。

病院の入り口には人だかりができていた。

大きなカメラを持っている人もいる。

「報道陣みたいだ。何かあったのかな」

運転手が呟くと、ふくちゃんは財布を取り出した。

「ここで降ります」

料金を払い、僕の手を引き車を降りた。

ふくちゃんに連れられ、正面玄関の裏手に回り、昨晩父と入った救命救急センターの入り口から院内へ入った。

左手にある受付で、ふくちゃんは集中治療室の場所を聞き足早に移動した。エレベーターで五階に降りると、通路の先に父が立っていた。

「達彦」

ふくちゃんが父を呼んだ。振り向いた父は目の下に隈ができ、一晩でげっそりと痩せこけて見えた。僕はふくちゃんの手を離し、父に向かって駆けだした。

「走っちゃ駄目よ」と言うふくちゃんの声を聞いても我慢できず、全速力で駆け寄り、父の胸に飛び込んだ。父は僕のぬくもりを感じ取るように、ゆっくりと頭や背中を撫でながら肩を震わせていた。

集中治療室にいる母の体には、たくさんの管が付けられ、見たことのない機械につながれていた。頭や腕にも包帯が巻かれている。

ガラス越しに母を見ていた僕は、中に入りたくてしかたがなかった。でも病院の規則で、六歳以下の子供は入れないと言われた。

僕は五歳の誕生日を迎えたばかりだったので、母に触れることも近づくことも、できなかった。

父とふくちゃんは、十五分だけ交代で入ることができた。

僕が怪我をした時に傷口を消毒した母が、ふうふうと息を吹きかけ、「痛いの痛いの飛んでいけー」と言うと、不思議と痛さが和らいだことを思い出した。

「お母さんに、ふうふうしてあげたい。お母さん、痛くないかな」

横で心配そうに見ているふくちゃんに問いかけた。

「ここからでもちゃんと光の気持ちはお母さんに伝わってるから、頑張れって応援してあげようね」

目を腫らしたふくちゃんは、僕の手をぎゅっと握った。

僕はガラスの向こうの母に向かって、「ふうふう」と息を吹きかける。そして、「がんばれ、がんばれ」と囁き続けた。

何度も、「ふうふう、がんばれ、がんばれ」を繰り返していると、泣き腫らした目から、また大粒の涙がこぼれ落ちる。

短い面会を終えた父が来て、僕を抱き寄せた。

「大丈夫。お母さんはきっと良くなる。だから光も、ちゃんと食べて寝て元気でいて、お母さんを待っていような」

自分に言い聞かせるような父の言葉に、僕は涙を手で拭いながら頷いた。

母の容態が急変したのは、それから二時間後のことだった。

ガラス越しに母を見ていると、中にいた看護師が突然、慌てた様子で集中治療室を出る。

すぐに担当医が中に入り、母の容態を確認しているようだった。担当医が父を呼び、何かを告げている。

隣にいるふくちゃんがおろおろしていると、父が出てきた。父は無言のまま僕を抱き上げ、ふくちゃんも一緒に集中治療室の中に入った。父が僕を下ろすと、僕は真っ先に母のそばに駆け寄った。母は、目を瞑《つむ》ったままだった。

口の両側が少しだけ上がっていて、優しく微笑んでいるように見えた。

「お母さん」

僕が呼んでも、母は起きなかった。

「お母さん、光だよ！」

今度は大きな声で叫んだが、それでも母はぴくりとも動かなかった。

「お母さん起きないよ。まだ寝てるの？」

父は僕の問いに答えることなく目を瞑り、顔をくしゃくしゃにして、ただ泣いているだけだった。

ほとんど寝ていないふくちゃんも、「沙代ちゃん……」と、弱々しい声で呼びながら、その場に泣き崩れてしまった。

僕は母の右手を握り、腕に巻かれた包帯の上から、いつまでも「ふうふう」をし続けた。


検死を終えた母が家に帰ってきたのは、翌日の夕方だった。検死の意味は、僕には分からなかった。

父と警察の人が話していることや、検死と聞いて動揺するふくちゃんの様子で、母の身に想像を絶する怖いことが起きたことは分かった。

お通夜は午後六時から、自宅の二階で行われた。一階にはふくちゃんが経営する喫茶店がある。

店の前には、大きなカメラを担いだ人やマイクを持った人などが、家の様子を窺っていた。家の前に見知らぬ人たちが群がっている。

その時の僕は、まだ母が死んだという現実を受け止めていなかった。病院で母を見てからずっと夢の中にいるようだった。

三階に上がる階段に座って、うとうとしていると喪服姿の父が僕を抱き上げる。

「光も疲れたよな。お客さんが帰ったら、ゆっくりお母さんの顔を見られるから、それまでここで休んでような」

父は部屋に入ると僕をベッドに寝かせて静かに出ていった。母の匂いが残る毛布に包まれて、僕はすぐに眠りについた。


目が覚めると、部屋の中はすっかり暗くなっていた。

部屋を出ると階段下から、すすり泣きの声が聞こえる。二階に下りると、棺の前で背中を丸めて泣いている父の後ろ姿が見えた。こんな父の姿を見るのは初めてだった。

体中の熱が吸い取られ、力が抜けそうになりながら歩み寄る。僕は、父の背中に覆いかぶさるように抱きついた。

「お父さん、お父さん……」と背中越しに呼び続ける。

ずっと「お父さん」と呼んでいたはずが、いつの間にか、「お母さん」と呼びながら嗚咽《おえつ》していた。父は振り向き、うめき声をあげ泣きじゃくる僕の体を胸のほうへ引き寄せた。

棺の中の母は、目を閉じたままだった。

「お母さん、まだ起きないの？　いつ起きるの？」

僕は無言のままの父に問いかけた。

父は天井に目をやり、少しの間考え込んでから、「お母さんは、もう少ししたら天国に行くんだ」と、言った。

「天国？　いつ帰ってくるの？」

僕が首をかしげると、父が顔を振る。

「いつ帰ってこられるか分からないけど、暫くは雲の上から光とお父さんを見守ってくれるんだ」

そう言って、父は僕を抱き上げ立たせると膝をつき、棺の中の母に顔を寄せた。

「沙代子、帰ってこいよ」

父は、母に口づけをした。

僕も、母の頬に唇を当てる。母の手に触れてみると、いつも温かった手が、ひんやりと冷たかった。それでも僕は、ずっと母に触れていたかった。無意識に母の頭を撫でる。あまりに母の寝顔が安らかで、今にも目が開きそうだったから。

すると突然、僕の手のひらにビリビリと感電したような衝撃が走った。

驚いて母の頭から手を離すと、母の頭上から白い霧が現れた。白い霧は、もくもくと大きい雲のような形になり、その中に赤、ピンク、黄色、黄緑、橙の五色の筋となって渦を巻いている。

何が起きたのか分からなくなり、体が硬直した。虹色の雲は、ゆっくりと母の頭を離れると、天井に向かって上昇する。僕の目が虹色の雲に釘付けになる。

それは、母の好きだった彩雲のように見えた。彩雲は父と僕の頭の上を浮遊した。

静かに僕たちを見守っているかのように。

「光、見えてるか」

父が、浮遊している彩雲を見ながら口を開いた。僕はポカンと口を開けたまま声が出ず、首をたてに振った。

「これは、お母さんの魂だ」

僕は振り返り、父の顔を見上げた。

「お母さんの魂？　でも、お母さんはそこにいるよ」と棺を指さす。

何を言っているのか分からず、僕の頭は混乱する。父は僕の手をとり、ゆっくりと話し始めた。

「人の体は心臓が止まると動かなくなる。それが死ぬということなんだ。でも、体の中には心の働きをしている魂があるんだ。魂は人を愛する気持ちを持った心で、体から離れても永遠に生き続ける」

「じゃあ、お母さんは生きてるの?」

「体はなくなっても心は生きてる。ほら、見てごらん」

父は僕の頭の上で静止した小さな彩雲を指さした。僕は天井にいる母の魂を見つめた。

「お母さん」と呼んでみる。

母の魂は答えるかのように、ゆっくりと時計回りに動きだした。

「沙代子、光の声が届いていたら俺のほうに来てくれ」

父が呼ぶと、またゆっくりと父のほうへ流れ始める。薄暗い部屋の中で母の魂は、まばゆいばかりの光を放ち、僕と父を見下ろしていた。先ほどまでの悲しみが嘘のように消え去り、やすらぎに満ちたぬくもりが伝わってくる。

「死んだらみんな、彩雲みたいになるの?」

僕が聞くと、父は頷いた。

「皆それぞれ形や色合いは違うけど、こんなふうに大切な人のそばにいて見守っているんだ」と、母の魂を見つめた。

「じゃあ、みんな淋しくないね」

僕が笑みを浮かべると、父は首を捻《ひね》る。

「他の人には見えないんだ」

「どうして？」

僕も首を捻った。頭の中が、どうして？　なんで？　でいっぱいになる。

「どうしてなのかは分からないけど、光が生まれる前に天国に行ったおじいちゃんが教えてくれたんだ」

「おじいちゃんが？　なんで？」

父が祖父のことを口にしたのは初めてだった。

「おじいちゃんも魂が見える人だった。生きている人の頭の上に手を翳すと、その人の前世を視《み》ることもできる。でも、他の人には見えないから、このことは決して誰にも知られてはいけないと言われたんだ」

「秘密？」

「そう、誰にも言ってはいけない秘密だ。自分たちと違うと思ったら、変わった人だと言って仲間はずれにしようとする人もいるからさ」

「仲間はずれは嫌だよ」

　僕は眉間に皺を寄せる。

「だから、お父さんと光だけの秘密だ」

　父はもう一度念を押した。

「光がもう少し大きくなったら教えることはたくさんあるけど、お母さんの魂がここにいる間は、お母さんのことだけを考えよう」と母の魂に視線を戻した。

「うん、分かった」

僕は大きく頷いた。

翌朝、僕は高熱を出した。

母の体は斎場に移されたが、とても葬儀に出られる状態ではなかった。そこで母の友人であるなっちゃんが、僕を看病すると言い、喪主である父を見送った。

なっちゃんこと藤輪奈津《ふじわなつ》は、母の中学からの同級生で、高校では父と同じクラスだった。

父に母を紹介したのがなっちゃんで、ふくちゃんは恋のキューピッドだと言っていた。

なっちゃんが頭の下に置いてくれた水枕で、少し楽になった気がした。

「光くん、痛いところはない?」

心配そうに言いながら、冷たいタオルで僕の顔を優しく拭く。

「うん、大丈夫」

僕はうっすらと笑みを浮かべた。

「お薬飲む前に何か食べないとね。おかゆ持ってくるね」

そう言って優しく微笑むと、なっちゃんは二階のキッチンへ下りていった。

一人になった僕は、起きてからずっと天井を浮遊している〝お母さん〟を目で追った。

お父さんが言っていたとおり、お母さんの魂は誰にも見えていない。

「お母さん」

僕が呟くと、お母さんの動きが止まった。

「お母さん、ずっと僕のそばにいるよね。遠くに行ったりしないよね」

母の魂は、動かなかった。

「僕、おねしょしないし、夜にはお菓子を食べないし、お父さんの言うことも聞くから、お願いだから一緒にいてね」

大粒の涙が僕の目から湧き出る。すると、母の魂は下りてきて、ゆらゆらと動きだした。

僕の顔に暖かい風がかすかに触れ、「泣かないで」と、言われた気がした。

パジャマの袖で涙を拭うと、母の魂はまた上昇する。魂は心だと言っていた父の言葉を思い出す。

声は聞こえなくても会話をした気がして、心が落ち着いた。

なっちゃんが大きなトレーを持ち、戻ってきた。僕は慌てて、天井からトレーに視線を移した。

「光くん、お待たせ」

「ちゃんと食べて、早く病気を治そうね」

なっちゃんが、ベッドの上にトレーをのせる。お椀を片手に持ち、一口ずつゆっくりとおかゆを僕の口に運んだ。

食べている間も僕がチラチラと天井を見るので、「光くんどうしたの？」となっちゃんも上に視線を向ける。

「ううん、なんでもない」

母の魂が見えることは、誰にも言ってはいけない。父との約束もあったが、もし言ってしまったら、母の魂が消えてしまいそうで怖かった。

おかゆを完食して薬を飲むと、ほどなくして睡魔が襲ってきた。僕は横になり母の魂に見守られながら眠りについた。


目が覚めると、母の兄である伯父もアメリカからやってきていた。アメリカで働いている伯父は、父から事件の翌日に知らせを受けたが、母の臨終には間に合わなかった。

伯父は、「光、大きくなったなあ」と潤んだ目で僕を見つめた。

「おじさん、僕を見たことあるの?」

「光が産まれてすぐに抱っこしたぞ。その時は、こんなに小さかったんだ」

両手で赤ちゃんを抱くしぐさをして見せる。

「お義兄さん、こちらでお茶でもどうぞ」

ふくちゃんに呼ばれた伯父は、僕の手を取り父の前に腰を下ろすと僕を膝の上に乗せた。

「本当に大きくなったな。あれからもう五年か。早いな」

伯父がしみじみと呟く。

「義兄さん、よかったら、うちに泊まってください」

重くなった空気をかき消すように、父が言った。

「泊まっていきたいが、仕事が山積みでね。今日の最終便でアメリカに戻るよ」

「そうですか……。残念だな」

父が肩を落とす。

「沙代ちゃんがいなくても、ここが実家だと思って、いつでも来てちょうだい」

妹を亡くし、天涯孤独となった伯父を慰めるように、ふくちゃんは優しい笑みを浮かべた。

「ありがとうございます」

伯父は深々と頭を下げた。

「伯父さんも家族だね」

何気なく言った僕の言葉に伯父が頷き、初めて涙を見せた。すると、先ほどから父の上にいた母の魂は伯父の頭上に移動し、ハチの字を描くように動き出す。

母の優しい声で、「泣かないで、お兄ちゃん」と、聞こえた気がした。


年が明けた二〇〇二年一月、世の中はお正月のお祝いムード一色に沸き立っていたが、諏訪家は母のいない寂しさに覆われていた。

父は二階の和室にある仏壇から離れず、一日のほとんどを母の写真を見て過ごしている。

僕は外に出ることはなかったが、家のどこにいても母の魂が付いてくるので、悲しみも寂しさも半減したかのようだった。

ふくちゃんは、父と僕を心配してマンションを引き払い、同居を始めた。もともとは父と二人でこの家に住んでいたが、父の結婚を機に気ままな一人暮らしがしてみたいと言い、家から徒歩三分のマンションの部屋を借りた。

父が十歳の時に祖父が他界し、ふくちゃんは喫茶店を経営しながら父を育てた。その父が高校を卒業して調理師の資格を取ると、ふくちゃんは喫茶店を任せ旅行するようになった。

最初は国内旅行で満足していたが、突然海外にも一人で行くようになった。

母の事件があった日も、イギリスから帰国したばかりだった。自由奔放で、毎日出かけていたふくちゃんも、母の死を受け入れ難いのか食欲もなく元気をなくしている。

姿が見えなくても、声が聞こえなくても、母の魂が視える僕は、まだ幸せなのだと思えた。ふくちゃんに気づかれないように母の魂を目で追っていると、玄関のチャイムが鳴った。

ふくちゃんが階段を下り玄関へ向かうと、ほどなくして大柄な男と一緒に戻ってきた。父の中学校時代からの友人、多木江春樹《たきえはるき》だ。

小学校を卒業するまで人を寄せ付けず、友達のいなかった父にとって、唯一無二の親友だ。

「春くん、コーヒーでいいわね」

ふくちゃんがキッチンに入り、コーヒーを入れる。

「春くん、こんにちは」

父とふくちゃんの影響で僕も、「春くん」と呼んでいる。春くんは、悪い人をやっつける仕事をしていると父に聞いていたので、僕にとってはヒーローだった。

「光、久しぶりだな」

春くんは僕の頭を撫でると、父のいる和室に行き、仏壇の前に腰を下ろした。線香をあげ手を合わせ、ゆっくりと頭を下げると、母の魂が、春くんの頭上で上下に揺れ動く。

「春くん、ありがとう」と、言っているようだった。

父と春くんは中学高校と一緒なので、母とは高校の同級生である。

高卒で警察官採用試験に合格した春くんは、警察学校を出て、交番勤務となった。

非番の度に家に来ては、食事をして帰ることも少なくなかった。

「春くん、よかったら、お夕飯食べていって」

ふくちゃんがコーヒーをテーブルに置き、声をかける。

春くんは頭を上げ、「じゃあ、お言葉に甘えて」と言いながら父に目線を向け、肩に手を置いた。

二人は立ち上がると、僕とふくちゃんの前に腰を下ろした。父と春くんが、同時にコーヒーカップを手に取る。長い沈黙が続いた。

以前なら僕と遊んでくれた春くんだが、今日は真剣な表情で眉一つ動かさない。

父も腫れた瞼のままテーブルの上を見つめている。

「光、お部屋に行って絵本でも読んでようか」

ふくちゃんが、気まずい空気を打ち消すように明るく言った。

「うん」

それだけ答えて、その場を離れたが、母の魂は付いてこない。階段下から居間を覗くと、母の魂は赤とオレンジの二色に変わり、炎のように揺れている。危うく悲鳴をあげそうになり口を押さえる。父は見えているはずだが、平静を装っていた。

僕は静かに階段に座ると、扉の隙間から耳を澄ました。

「お前に聞きたいことがあるんだ」

父の表情が険しくなる。

「一部のマスコミで出た沙代子さんと犯人の関係か？」

春くんが硬い表情で見つめ返すと、父は首を横に振った。

「いや、あんな噂はデマだと分かってる。俺が聞きたいのは、なぜ犯人は沙代子を襲ったのか、その動機だ。沙代子は人に恨まれるような人間ではないし」

春くんは同意するように頷いた。

「犯人の身元は分かった。沙代子さんの勤める店で、犯人がケーキを買ってる様子が防犯カメラに映ってた。でも、普通に笑いながら会話して店を出てるんだ」

「常連か？」

「いや、常連といっても月に一度来る程度らしい。店長に話を聞いたが、マスコミが騒いでいるような関係ではない。お前も分かってることだが」

そこまで話すと、春くんは気持ちを落ち着かせるように、ゆっくりとコーヒーカップを口に運んだ。

「だとしたら、無差別に襲うような通り魔じゃないってことか」

父の声が震える。

「ああ、これから人を殺そうと思う人間がケーキを買うか疑問はあるが、凶器のパイプとナイフから指紋は出てるし、沙代子さんを助けようとした高校生にも事情聴取した。当の犯人は自殺して、動機は分からずじまいだが」

春くんは真剣な表情で状況を説明した。

母の魂が春くんの頭の上で、何かを訴えるかのように揺れ動く。

「その、沙代子を助けようとした高校生に会えないか？」

春くんの頭上を見つめていた父が口を開いた。春くんは少し考える素振りをみせ、

「分かった。聞いてみるよ。彼も軽傷だが怪我をしていて、沙代子さんが亡くなったことで相当ショックを受けたみたいだから、時間はかかると思う」と、重いため息を吐いた。

「そうか、そうだよな。ただ、どうしても沙代子を助けようとしてくれた少年に、

お礼が言いたくてさ」

父の言葉に春くんは頷き、「お前の気持ちを伝えてみるよ」と、寂しげな笑みを浮かべた。


更井和磨《さらいかずま》が訪ねてきたのは、事件から一ヶ月後のことだった。学生服を着た彼は、玄関先に立つ父と僕に沈痛な面もちで深々と頭を下げた。

十八歳にしては小柄で顔も小さく、制服と体型のサイズが合わず肩幅あたりがやたらゆるく感じられる。

うつろな目で視線を合わせない彼に、「更井くん、来てくれてありがとう。どうぞ上がって」と、父が仏間へ案内した。

彼は仏壇の前で正座すると、線香に火をつけた。その後ろで、僕はあたりを見回した。

つい先ほどまで元気に飛んでいた母の魂が視えないことに気づいたが、最近は僕と父のそばを離れて、どこかへ出かけてしまう。

夕方には帰ってきて、気づくとご機嫌な様子でフワフワと揺れているので、気に留めることもなくなっていた。

「お茶でもどうぞ」

ふくちゃんが居間から声をかけると、更井和磨は合わせていた手を離し、立ち上がった。

父と彼が向かい合わせに腰を下ろす。

僕は、居間の隅に置いてある二人掛けのソファに横たわり、寝たふりをした。

母が亡くなってから、来客がある度に父は僕を三階の部屋に追いやるので、気になってしょうがなかった。

きっと僕には聞かせたくない秘密の話をしているのだと思った。どうしても話を聞きたかった僕は、寝たふりをすることにした。

「光」

父が声をかけたが、僕は目を瞑ったまま答えなかった。

「寝てるから、このままにしておきましょ」

ふくちゃんが僕の体に毛布をかけると、父が静かに語りだした。

「君が沙代子を助けようとしてくれたこと、刑事さんから聞いたよ。本当にありがとう」

父がゆっくりと頭を下げると、更井和磨は青白い顔を上げた。

「いえ、僕がもっと大きくて強ければ……。もう少し早くあそこを通っていたら」

彼が前かがみで俯くと同時に、涙がテーブルにこぼれ落ちる。

「君が刑事さんに話してくれたことで、状況は分かってる。君より大きな大人を相手に勇気を出してくれたんだ。本当に感謝してるよ」

父がティッシュを差し出した。

「妻も感謝していると思って、お礼が言いたかったんだ」

更井和磨はティッシュで涙を拭いながら、何度も頷いてみせる。

暫く沈黙が続き、先に口を開いたのは更井和磨だった。

「意識を失う前に、達彦さんと光くんの名前を呼んでました」

やっと絞り出したような、小さな声で彼は言った。その瞬間、ふくちゃんが我慢できずに、きつく目を閉じ、うめき声をあげる。

父は真一文字に口を結び、泣きたいのを必死にこらえているようだった。

薄目を開けていた僕の目からも涙が湧きだしてきたので、毛布で顔を隠した。

あの事件の日から今まで、何度母の声を聞きたいと思ったことか。母の魂は残ったが、体はなくなり声を聞くこともできない。

母の最後の声を聞いた更井和磨が、羨ましくも思えた。


母の死から四十九日目の夜。

父は真剣な面もちで、僕に話があると言う。

仏壇の前で向かい合わせに座ると、天井の隅にいた母の魂がゆっくりと降りてきて、僕の横で止まった。

僕が母の魂に気をとられていると、父が僕の顔に両手を当てて自分に向ける。

「光、お母さんとは今日でお別れだ」

真剣な眼差しで僕を見つめる。〝別れ〟という言葉に恐怖を感じ、顔が歪む。

父は涙ぐむ目を逸《そ》らし、話を続けた。

「お母さんの魂は、天国に旅立つんだ」

「天国？」

「そう、天国だ。そこでまた、生まれ変わる準備をしなくちゃいけないんだ」

「もう会えなくなるの？」

目の端に涙がじんわり滲んでくると、父は指で僕の目を拭った。

「絶対とは言えないけど、お母さんが生まれ変わって、また光とお父さんの所に戻ってくると信じてる。お母さんと約束したんだ」

「お母さんと話したの？」

「うん、心の声で話したよ」

「僕もお母さんと話したい」

「うん、最後にお母さんと話をしよう。でも、長くは話せないぞ。時間が経つほど、この世に未練が残って天国に行けなくなるからな」

そう言って父は、仏壇にある金色の燭台を持ってくると、新しい蝋燭を立て火をつけた。

部屋の明かりを消し、燭台をテーブルの真ん中に置いた。暗い闇の中で、温かな光が揺れ動く。

「光、目を閉じて十まで数えたら目を開けてごらん」

僕は言われたとおり瞼を閉じる。これから何が起こるのか分からず、緊張から鼓動が激しくなる。そして十数えたところで、ゆっくりと目を開けた。目の前にいるのは、変わらず父だけだ。

父が無言で僕の横に視線を向ける。その視線に促され、僕は右側に顔を向けた。

「お母さん……」

霧がかかったように薄ぼんやりしていたが、母の姿は確かにそこにあった。

嬉しさでいっぱいになり、咄嗟に手を差し伸べたが、母の体に触れることができない。

諦めきれず、抱きつこうとしても母の体をすり抜け倒れてしまう。

「光、お母さんに触れることはできないんだ」

父に言われなくても分かっていた。今、目の前にいる母は、この世の人ではない。

一瞬息が止まるほどの衝撃を受けたが、不思議と怖さは感じなかった。

幽霊だろうが何だろうが、目の前で生前と変わらない、優しい笑みを浮かべているのは母なのだから。恋しくてたまらなかった母に、やっと会えたのだ。涙で滲んだ目をこすり、母の姿を目に焼き付けるように、じっと見つめた。

いつも結んでいた長い髪を下ろし、白い着物を身に纏い、きちんと正座している。頭には三角の天冠を付けている。絵本で見た幽霊と同じだと思った。

「今日でお母さんの魂ともお別れだ。零時になったら、お母さんは天国に行くんだ」

落胆する父の声が耳に響く。僕は泣きたいのを我慢しながら問いかけた。

「天国に行ったら、もう会えないの？　お母さんの虹色の魂も見えなくなるの？でも、お母さんは戻ってくるんでしょ」

父は伏せた目を上げ、僕と母を交互に見た。「正確には、今のお母さんの姿とお別れだ。魂は一旦天国に戻って、この世に生まれ変わる準備をしなくちゃいけない。準備ができたらまた、生まれ変わって会えるかもしれない。信じていれば、たとえ見た目が変わっても光と俺なら分かるはずだ」

父は真剣な眼差しで唇を噛んだ。

母も父の目に寄り添うようにコクンと頷く。

「お母さん、僕ずっと待ってるよ。だから必ず帰ってきてね。また一緒に彩雲を見ようね」

僕が念を押すと、母はうっすら笑みを浮かべ、僕の頬に手を当てた。手の感触はないが、ふわっと心地よく温かいぬくもりが伝わってくる。

僕は、頬から全身に伝わるそのぬくもりに、まるで母に抱かれているような心地よさを感じながら眠りについた。


「光……」

母の声が聞こえた気がして、ハッと目が覚めた。

「お母さん」

部屋の外に出たが、母の姿はない。向かいにある父と母の寝室にも入ってみたが、母の魂は、いなかった。父と一緒に飾り付けしたクリスマスツリーがベッドの横にポツンと置かれていた。

昨晩、父が二階から持ってきていたのだ。

母が見ることのなかったクリスマスツリー。

ふと、ツリーの下を見ると、あの大きな靴下の中にサンタさんからのプレゼントが入っていた。出してみると、楽しみにしていた合体ロボットだった。

僕の膝が床に落ち、目からは大粒の涙がこぼれ落ちた。

「お母さんは、きっと生まれ変わって戻ってくる」

父の言葉を思い出した。

僕はすっくと立ち上がり、自分の部屋に戻ると、机の引き出しから短冊を取り出した。

今年の七夕で余ったものだ。「おかあさんにあえますように」と願いを込めて書くと父の寝室に戻り、ツリーの枝にかけた。

そして、持ち主が現れず寂しそうにしていた合体ロボットと靴下をしっかりと胸に抱き、いつまでも母のぬくもりを感じていた。

第二章　再会

勝って来るぞと　勇ましく
誓って故郷《くに》を　出たからは
手柄たてずに　死なりょうか
進軍ラッパ　聴くたびに
瞼《まぶた》に浮かぶ　旗の波

人々が日の丸の旗を手に歌っている。

その歌声が向かう先には、赤と白のたすきを両肩から交互にかけた軍服姿の僕がいた。

「一郎、必ず生きて、生きて帰っておいで」

※「露営の歌」薮内喜一郎　作詞

僕を一郎と呼ぶ、もんぺ姿の女性は母親だと直感した。母は口を固く閉じ、必死に涙を流すまいとしている。

小刻みに震える日の丸の旗を背に、僕は故郷を後にした。

寝ていた僕は飛び起き、あたりを見回した。

突然、甲子園大会で鳴らされるサイレンのような大きな音が頭に響き渡る。

「ヴー、ヴー、ヴー、ヴー、ヴー」

「ここは、どこだ……」

埃やカビの臭いが鼻につく。いつもより遙かにリアルな夢の中にいるようだ。

部屋というよりは、倉庫のようだった。広さは三十平米ほどだろうか。

薄暗い入り口から中央に、人が一人歩けるぐらいの通路がある。左右両側には三十センチほどの高さに、ところどころ変色した畳が敷き詰められている。

目の前の畳の上に、九人分の布団がきっちりと畳まれ並んでいた。僕が寝ていた側の布団の数も九人分なので、自分を合わせて十八人がここで生活している ようだ。

サイレンの音があまりにリアルで現実だと思ったが、自分が着ている軍服を見て、ここは兵舎で、前世の夢だと確信する。

「空襲警報だ！　早く防空壕へ行け！」

外から逼迫《ひっぱく》した声があがる。

その声に反応した僕の体も外へ出ようとした、その時だった。

ダダダダダ、ダダダダダ、と機関銃のような音がして足が竦《すく》んでしまう。空襲警報から逃げる間もなく攻撃されている。

ギャー、という女性の悲鳴も聞こえる。

その場にしゃがみ込み、耳を押さえながら恐る恐る顔だけ外に出すと、大きな飛行機が飛び去っていった。

兵舎の横で、女性たちを守るように覆いかぶさっていた兵士たちが立ち上がり、女性たちを助け起こした。

見たところ怪我人もなく、皆安堵している。

「一郎、大丈夫か？　熱は下がったのか？」

背の高いゲジゲジ眉の男が話しかけてきた。

僕は熱を出し、兵舎で休んでいたらしい。

男は僕の額に手を当て、「よし、熱は下がったな」と、前歯が欠けた歯を見せた。

「太郎が一晩中看病したおかげだな」

彼の後ろから、ひょっこり顔を出した男が言った。

ゲジゲジ眉の男の名前が、太郎だと分かる。

「そうだ。俺のおかげだな」

太郎は満足げに笑みを浮かべると、僕の肩に手を置いた。

「トサカも心配してたわりには、すぐに寝てたもんな」

太郎の後ろから出てきた小柄な男が、照れくさそうに首に手を当てる。頭の真ん中の部分だけ髪が逆立っているので、トサカと呼ばれているのだろうと思った。

ほんの数分だが、三人でたわいない冗談を交えながら笑いあった。先ほどまで爆撃から身を守ろうとしていたとは思えないほど、つかの間の穏やかな時間だった。

突然、真っ暗な闇に包まれたかと思うと、白い靄《もや》が視界を遮る。やがて白い靄が消失すると、目の前には青々とした空が広がっていた。空は美しく、色鮮やかな彩雲の光が僕を見下ろしていた。

ここは、天国なのか。朦朧とする頭で考える。

「一郎、一郎」

誰かが耳元で叫び、うっすら目を開けると、見慣れた顔がそこにあった。

「一郎、気がついたか」

太郎が心配そうに、僕を抱き寄せる。

「ああ、大丈夫だ。起こしてくれ」

支えられながら、ゆっくりと上半身を起こす。右足の固く巻かれた包帯から血が滲み出ていた。

頭の片隅で光が、「大丈夫。これは夢なのだから」と、囁きかける。

そうだ、これは前世の記憶であって現実ではない。前世の夢を見る度に、そう自分に言い聞かせてきた。

だが、あたりを見回し、あまりにも悲惨な光景を目の当たりにしては、平静を保つことなどできるはずもなかった。

無数の重なり合う死体の中に、トサカの姿もあった。

先ほどまで一緒に笑いあっていた同士が、人形のように置かれていた。トサカの半分焼け焦げた顔が視界に入り、すぐに目を背ける。

今、自分が見ている光景が、実際に起こったことだとは思いたくなかった。

生きてはいても、怪我をしていない者は、一人もいなかった。

太郎も僕を庇《かば》ってか、左腕から血を流していた。

「大丈夫だ。俺が必ず守ってやる。絶対に生きて、一緒に帰るんだ」

太郎が腰に下げていた手ぬぐいで、僕の額の汗を拭う。

「故郷に帰る……。絶対に生きて」

息が苦しくなり、僕は太郎に抱かれたまま意識を失った。

*

二〇一三年

母の仏前に手を合わせながら、今日見た夢を思い返す。母の魂を見送ったあの日から、僕は前世の夢を見るようになった。

大東亜戦争と呼ばれていた時代だ。

小学校に上がり、それが太平洋戦争のことであると知った。五歳の時から見続けてきたが、今だに戦場の夢には慣れない。

特に今回は、いつもとは違うさらに凄惨な情景に、心臓が震えるようだった。

母との別れから十二年の歳月が流れた。

何度も繰り返し見た戦場の夢に出てくる、太郎との絆も深くなっている。現世では会うことが叶わないかもしれない唯一の友。

僕は母の写真を見ながら、大きく息を吐いた。

父は、僕の見る夢は前世で体験したことだと言った。

「自分の前世だけではなく、人の頭の上に見える光に手を翳すことで、その人の前世も視ることができる。だが、現世で起こる出来事は何も分からない。未来を予知する能力があれば、沙代子を救うことができたはずだ」

父は涙で潤んだ目をきつく閉じ、肩を震わせた。そんな父の姿を見て僕は、母を救うことができなかった、前世が視える力に一体、何の意味があるのだろうと思った。

誰にも言えない能力を持つことで、僕は自然に人との距離を置くようになった。

その思いを覆す出来事が起こったのは、修学旅行で奈良に行った時だ。

誤ってクラスメートの頭上に触れてしまった。

彼の前世の姿は、落ち武者だった。落ち武者の彼が鹿を殺し、むしゃむしゃと一心不乱に食べている光景が浮かんで視えた。

その一時間後、友人は公園で鹿に追いかけられた。

人が大勢いる中で、その鹿は突然、彼に突進してきた。彼は必死に逃げるが、鹿は止まらない。

僕は咄嗟に彼に駆け寄り、鹿の前に立ち塞がった。鹿せんべいを手に両手を広げ、真っ直ぐに潤んだ鹿の目を見つめた。

(君の無念は分かっている。苦しかったよな。でも、この人は、君を殺した落ち武者じゃない。優しい人間に生まれ変わってるんだ。だからもう、あんな悲劇は起こらない。君はここでずっと幸せに暮らせるんだ。大丈夫、大丈夫だから)

心の中で必死に語りかけた。

だが、自分を殺した相手を許すことなどできないのだろう。鹿は僕の目をじっと見つめ続ける。

「あの鹿に、謝ってみて」

後ろにいる彼に言ってみる。

現世で謝るようなことをしたわけではないが、鹿への恐怖で思考停止中の彼は僕の横に立ち、「ごめんなさい」と、鹿に頭を下げた。

すると鹿は、一瞬うなだれた後、顔を上げゆっくりと僕たちに近寄ってきた。

落ち武者だった彼が素早く僕の後ろに隠れると、鹿は僕の手にあるせんべいをくわえ、仲間のもとへとゆっくりと戻っていった。

「光くん、助かったよ」

背後で震えていた彼が、胸を撫で下ろした瞬間、僕の周りに人が集まってきた。

「光くん凄い！　鹿と話せるの？」

クラスの女子が騒ぎ立てる。

「いや、まさか。話せるわけないじゃん」

僕は慌てて首を振った。

前世の姿は視えても、さすがに鹿と話すことはできない。

「あなた、凄いわ！　綺麗な顔立ちなのに男気があるのねぇ」

見知らぬおばさんたちが、次々に僕の手を握る。綺麗な顔と男気に何の関係があるのか、僕は苦笑しながら人の輪から逃れた。

「光くん、待ってよ」

落ち武者の彼が追いかけてくる。

できればもう関わりたくはなかったが、「決して人を無視してはいけない」という父の教えもあり、立ち止まった。

彼が追いつき、僕の肩に手をかけた。

振り向いた瞬間、体が固まった。彼の前世が、落ち武者から立派な侍に変化していた。

何が起こったのか、現世の彼の顔から陰りが消え、陽の気で明るい表情になっている。

前世での悪業に向き合い、謝罪したからだろうか。確信のない結論に納得する。

「光くん、本当にありがとう。なんで僕だけ追い回されたのか分からないけど、本気で殺されるかもしれないと思ったよ」

鹿に追い回された挙げ句、意味も分からないまま謝罪させられた彼は、汗まみれだが、爽やかな笑顔を僕に向けた。

「いや、たまたま居合わせただけだから、気にしないで」

僕は素っ気なく答えると、彼に背を向けた。

目立つことを避けてきたせいか、父とふくちゃん以外の人間との接し方が分からない。

だが、彼の前世である侍が、戦場で生き延びるためには仕方のないことだったのかもしれない。そんな気持ちが彼の前世から伝わってきたのだ。

この一件があってから、クラスの皆が話しかけてくるようになり、僕の周囲は賑やかになった。相変わらず口数は少ないが、誰も気にする様子もなく僕に笑顔を向ける。

皆が僕に向けてくれる笑顔に、居心地の良さすら感じていた。

そんなことを考えていると、写真の中の母がクスッと笑いかけてくれたような気がした。

今日は母の命日だ。

仏壇の写真を前に、生まれ変わっているなら、どうか会いに来てほしいと祈る。

線香の煙に包まれる母の写真を見ていると涙がこぼれる。前世ではなく未来を見通す力があれば、父と共に母を守ることができたはずだ。

楽観的な父は、今は再会を信じて母と約束したという公園に足繁く通っている。

母が現世に生まれ変わっている確証はないのに、だ。もし生まれ変わっているとしても、まだ子供である。しかも性別が女であるとは限らない。

それでも父は、毎日公園で遊ぶ子供たちをベンチに座り観察している。父は母の生まれ変わりなら、必ず分かると自信満々だった。

いや、必死にそう自分に言いきかせているだけなのかもしれない。

今の父にとって、母との再会だけが心の糧になっているのかもしれない。

人は、奇跡は起きないと言いつつも、本当は心の中で奇跡が起こるのを願っていたりする。

仏前に手を合わせた後、階下に下りると、喫茶店につながるドアが開き、待ってましたとばかりに、ふくちゃんが一万円札を差し出した。

「光、悪いけどお客さんがいて手が離せないから、代わりにおつかい行ってきてくれる？　仏壇に供える花とお菓子と、それから大根もお願い」

「分かった」

僕は一万円札を手に外に出た。

夕焼け雲がのんびりと空を泳いでいる。

外からガラス張りの店内を見ると、なっちゃんが窓際でテーブルを拭いていた。

なっちゃんは天涯孤独の身で、幼い頃から施設で育ったという。

母の親友であるなっちゃんは、母が他界してから今まで、ふくちゃんが経営する喫茶店で働いている。もともとは、都心にあるホテルのレストランで配膳の仕事をしていた。

休日になると、幼い僕の面倒を見ながら働くふくちゃんの手伝いをしていたが、いつのまにか本業の仕事を辞めて、毎日ここで働くようになった。

大きなホテルのレストランを辞めて下町の喫茶店で働く必要はないと、父は説得を繰り返したが、なっちゃんの決意は固かった。

「沙代子は友達というより、姉妹のように思ってきたの。だから沙代子の家族は私の家族。たとえ血はつながっていなくても、かけがえのない家族を守ることが、私の幸せなの」と、父の忠告を頑として聞き入れなかった。

だが、そのおかげで入学式や卒業式、母親たちが来る授業参観には必ず来てくれた。

運動会では、母親と参加する競技にも足腰が弱いふくちゃんに代わり出てくれた。母のいない真っ暗な家の中に、光を灯してくれた。僕のもう一人の母親と言っても過言ではない。

なっちゃんは僕に気がつくと、満面の笑みで手を振る。それに答えるように、僕も左手を上げ笑顔を見せた。


自宅から徒歩十分ほどのところにある商店街で買い物を済ませると、今にも雨が降りそうな空模様になっている。僕は足早に家路を急いだ。

商店街を抜けた時、女性の悲鳴のような声が聞こえた。立ち止まり、あたりを見回したが、それらしき人の姿は見えない。

首をかしげながら歩きだすと、今度ははっきり、「助けて!」と聞こえる。

声がする路地を覗くと、若い女性が男に羽交い締めにされていた。

ハッと息をのんだ瞬間、体中の筋肉がこわばり、硬直する。顔だけは、なんとか冷静さを保っていた。

「なんだお前、関係ない奴は引っ込んでろ！　あっち行けよ！」

男は呼吸が荒く、かなり興奮している。

小柄な割に顔が大きく腕も太い。見るからに強そうだ。できればこんな奴とは喧嘩したくない。

背は僕のほうが高いが、腕力がないことは自分でもよく分かっている。

「いや、僕はただの通りすがりで、悲鳴が聞こえて……。あの、とりあえず、その手を離してみませんか」

ここは穏便に、話し合いで解決できないものかと思った。

「いいから、あっち行けよ！」

尚も凄む男にたじろいでいると、女性が男の足を思いっ切り踏んだ。

男の顔が歪み、羽交い締めしていた腕が緩むと、女性はこちらに駆け寄り、僕の背後に付く。

思ってもいなかった展開に背筋が凍る。

いよいよ男の標的が、僕になってしまった。

小心者のくせに正義感だけは強い自分に腹が立つが、後悔先に立たず、である。

逃げようにも、僕の足は強力なボンドで接着されたかのように、一ミリも動かない。

「警察に電話するか、助けを呼んで」

小声で話しかけたが、女性は震える手で僕のコートの裾を掴んで離さない。僕は、今しがた買ってきた大根を手にするのが精一杯だった。

いつの間にか男は、ナイフを手に持っていた。ここまでかと覚悟を決めた時、突然建物の窓が開いた。

細く長い棒が、にゅっと出てきたかと思った瞬間、男の後頭部を殴打した。

男がうめき声をあげて前のめりになると、窓からボサボサ頭の男がモップを持って飛びだしてきた。

真冬だというのに白いタンクトップ姿で、小麦色の肌に、長い前髪の隙間から見える切れ長の鋭い目が、狼男を連想させる。彼は、見た目どおり強かった。

ナイフを手に襲いかかる男をものともせず、あっと言う間にねじ伏せてしまった。

「警察を呼んだから、すぐ来るよ」

狼男は、その風貌には似合わない爽やかな笑顔で白い歯を見せた。

警官が来るまで五分もかからなかったが、僕はその間、口を開けたままその場に立ち尽くしていた。


二週間後、僕と狼男改め、神八《かみや》太郎は警察署で感謝状を受け取っていた。僕は大根を片手に、その場で立ちすくんでいただけなのに。

女性は幸いにも、腕に浅い切り傷を負っただけですんだ。

「彼が居合わせなければ、わたしは殺されていました」

警察署で何度も僕に頭を下げるので、一撃で犯人を倒した神八太郎と一緒に、僕も表彰されることになった。

記念写真を撮り終えて、警察署を出ようとしたところで、「おい、光」と、春くんに呼び止められた。

春くんは刑事になり、ここの警察署にいる。

母が亡くなった後も、度々家に来ては仏前に手を合わせ、ふくちゃんが振る舞う手料理を褒め称えた。

それに気を良くしたふくちゃんが、「毎日でも来なさい」と言ったので、それ以降、当直勤務以外は家で一緒に食事をするようになった。

僕が小学生の頃は、春くんは休みの日に僕と遊んでくれることが多かった。自転車に乗れるようになったのも、彼のおかげだ。

父とも変わらず仲が良く、二人で居間のテレビを占領し、ゲームに夢中になり、はしゃいでいる。

体が大きく、鋭い目つきの強面《こわもて》だが、僕にとっては優しい家族のようなおじさんだ。

警察官はゲームをしてはしゃいだりしないと思っていた。でもそれは、ただの先入観でしかない。

どんな職業に就いていても、同じ人間なのだ。

母の一周忌、春くんは初めて家に泊まった。

僕と父の寂しさに寄り添うように、母の思い出話に付き合ってくれた。彼が先に眠りにつくと、父は彼の頭上に手を翳した。

三十数えるほどの沈黙が続き、父はゆっくり手を離した。

「やっぱり」

そう言って、穏やかな笑みを浮かべる。

「何が視えたの？」

僕は彼を起こさないよう、小さな声で父に聞いた。

「多木江の前世に俺がいた。もくもくと沸き上がる黒煙を前に、俺が多木江に向かって、『兄貴！』と叫んでた。多木江は俺を、『勝雄』と呼んでいた」

「勝雄って、お父さんの前世の名前だよね？」

「ああ、間違いなく多木江は俺の兄だった」

「じゃあ、僕の伯父さんだ」

「そうだな。初めて会った時から、不思議と親近感が湧いたけど、まさか兄弟だったなんてな」

父と僕は、現世での春くんとの再会に感情が高まった。それからは、春くんを本当の伯父だと思って接してきた。

そんな春くんが、僕らが警察署で感謝状をもらった後に僕を呼び止め、ニヤニヤと口元を緩めながら近寄ってきたのだ。

「聞いたぞ。女性を助けて表彰されたんだって？」

大きな手で僕の頭を撫で回す。

僕はその手を払いのけながら、「その場に居合わせただけで、犯人を倒したのは彼だから」と、神八太郎を指さした。

「君か、一撃で暴漢をねじ伏せたっていう、つわものは」

春くんは、神八太郎の二の腕を鷲掴みする。

「鍛えてるな。高校生にしては立派な筋肉だ」

太郎は無表情のまま、ぶっきらぼうに頭を下げると、その場を離れた。

「春くん、また今度」

軽く手を振り、僕は神八太郎の後を追いかけた。

特に親しくなったわけでもないが、初めて彼を見た時、胸が締め付けられるような切なさを感じた。〝太郎〟という、前世の友と名前が同じであることも気になって仕方がなかった。

このまま別れることが名残惜しく感じられて、無意識に足が彼を追っていた。

「神八くん」

背後から声をかけると、彼がゆっくりと振り向いた。

無表情の彼に見つめられ、心臓が激しく鼓動する。

「あの、えっと、よかったら連絡先を……」

言いかけたところで、彼の腹が大きく鳴った。

僕は咄嗟に、「これから家に来ない？　喫茶店なんだけど、食事ができるからさ。助けてくれたお礼におごるよ」と、彼を誘っていた。

「オムライス、ある？」

彼がおもむろに口を開く。

「ある！　オムライスあるよ」

僕は嬉しくなり、彼に笑顔を向けた。


「はい、お待たせ」

なっちゃんが、オムライスを僕と彼の前に置いた。

「いただきます」

言うと同時に、神八太郎はオムライスを勢いよく口の中へ放り込む。

つられて僕も、いつもの倍の速さでスプーンを口に運ぶ。

付け合わせのスープを一気に飲み終えると、神八太郎は、「ごちそうさまでした」と手を合わせた。

その様子を横で見ていたふくちゃんが、太郎に話しかける。

「光の話を聞いて、どんな子かと思っていたけど、きちんと挨拶できるし、食べっぷりもよくて気にいったわ」と言いながら、いきなり太郎の頭を撫で、顔を覗き込んだ。

「愛嬌のある顔ねえ」

愛嬌のある顔とは、褒め言葉にしてはちょっと微妙だ。

「ふくちゃん、子供じゃないんだから」

固まっている太郎の顔を見て、僕は慌てふためく。大人しくしてはいるが、狼男のイメージが頭から離れない。

人に触れられた途端に暴れ出しそうだ。

だが、僕の心配は無用だった。太郎の耳が赤くなっていくのを見て、彼が照れ屋で純粋な普通の高校生だと分かったからだ。

そして初めて見る、照れた彼の表情にも、確かに見覚えがあった。前世で僕を守ってくれた、あの太郎だと。

ふくちゃんは、尚も彼の顔を覗き込む。

「あなた、歳はおいくつ？」

「十八歳です」

彼はぶっきらぼうに答えた。

「あら、光より一つ上じゃない。この子は友達がいないから、太郎くん、友達になってくれないかしら」

太郎が、ちらりとこちらに目を向ける。

目が合い、僕の鼓動が早くなる。

「ふくちゃん、無理強いしたら太郎くんに悪いよ」

そう言いながら、彼の顔色を窺う。

本当はもっと彼と親しくなりたかった。

人の前世が視えるせいで、今まで人を寄せ付けようとしなかった僕の、初めての感情だった。

「いいよ」

彼が、ぼそりと声を出した。

「まあ嬉しい。やっと光にも友達ができたわ」

ふくちゃんが大げさに手を叩き、嬉しそうに微笑む。

「いつでも遊びに来てね。オムライスもご馳走するわよ」

ふくちゃんに肩を叩かれ、神八太郎は頷いた。

僕は彼と友達になれた喜びで、気持ちが舞い上がった。心臓が早鐘を打つ。

長年の片思いが実った時とは、こんな感情なのだろうか。彼に対しての複雑な思いが、こみ上げてくる。初めての心情だった。

その後、ふくちゃんの質問攻めで彼のことを知ることができた。

隣町の工業高校に通いながら、ジムでバイトし、一人で暮らしていること。六歳の時に父親が亡くなり、母は再婚し離れて暮らしていること。

彼が淡々と話している間、ふくちゃんは涙を拭いながら聞いていた。五歳で母親を亡くした自分と重なり、ひと事とは思えない。

なんとか彼の連絡先を聞き出せないものかと考えていると、ふくちゃんが強引に連絡先を聞き出してくれた。ふくちゃんに感謝である。

神八太郎は、また来ると約束して、帰っていった。

体を揺すられ、眠い目をこすりながら起き上がると、真っ黒に日焼けした父がいた。

「光、やっと見つけたんだ！　見つかったんだよ」

父は興奮気味に僕を抱きしめた。

「なに、何が？」

起き抜けの寝ぼけた顔で首をかしげる。

「お母さんだよ！　お母さんを見つけたんだ」

父は大きな目をさらに大きく開けた。つられるように、僕も目を見開く。

「お母さん？　生まれ変わったお母さんを見つけたの？」

僕の問いに父は、何度も大きく頷いた。


母に会えると言われ、父に連れてこられたのは、隣町の小学校だった。

「もしかして、お母さんって今、小学生？」

父は無言のまま頷くと、道を挟んだ正門前の公園のベンチに腰を下ろした。

ここは、父が母と約束したという、あの公園だった。

下校のチャイムが鳴ると、ランドセルを背負った子供たちが賑やかに出てくる。

父と僕は、じっと様子を窺う。

二十人ほどを見送った時、父がすっと立ち上がった。

数人で固まって帰る子供たちの中に一人颯爽と歩く、ぽっちゃりした、おかっぱ頭の少女がいた。

「あっ」

僕は思わず声をあげた。

少女の頭の上には、母と同じ虹色の輪が浮かんで見えたのだ。

「光、行くぞ!」

父は真っ直ぐ少女の後を付いていく。

僕も慌てて、その後を追った。

賑やかな商店街を抜け、平静な住宅街に入ると、「今日のお空も元気だな♪ 太陽さんも笑っているよ♪ ふっふっふ~」と少女の鼻歌が聴こえてくる。胸がじんわり熱くなり、懐かしさがこみ上げてきた。

母がいつも歌っていた自作の鼻歌だった。

父と僕だけが知っている母の作った歌。

今、目の前を歩いている少女は間違いなく母だった。

父を追い抜き、足早に彼女との距離を縮めた時、鼻歌がぴたりとやんだ。少女が立ち止まり、ゆっくりと振り向く。

父は慌てて電信柱の陰に隠れたが、僕の体はピクリとも動かなかった。

少女は仁王立ちし、ドングリ眼で僕を見据える。

「あなたも、あのおじさんの仲間？」

電信柱から半分顔が出ている父を指さした。

「あのおじさん、昨日もわたしの後を付いてきたけど、もしかしてストーカー？それとも変態？　それ以上近づいたら、叫んでこれ鳴らすよ」

彼女は印籠を掲げるように、携帯用の防犯ブザーを見せた。

「いや、あの、決して僕たちは怪しい者ではなくて、確認したかったというか、用事があったというか……」

小学生とは思えない貫禄に、僕はたじろぐ。

少女を前に、しどろもどろである。

「電信柱の後ろに隠れるなんて、すんごく怪しいと思うけど」

彼女は怖がる様子もなく、冷静だ。

「確認って、何の確認？」

鋭い視線が父に向けられた。

電信柱の後ろから、観念した父が出てくる。

「僕たちはストーカーでも変態でもない。ただ人を捜していて、その人に君があまりに似ていたから付いてきてしまったんだ。怖がらせて、ごめんな」

父は用意してきた台詞を読みあげるように、言い訳をした。

「別に、怖くないけど。おじさん、昨日も看板の後ろに隠れてたけど、お尻だけ出て笑った」

少女は目を細め、クスクスと笑う。

その様子があまりにも母に似ていて、目の奥が熱くなる。

それに、どこの誰かも分からない二人の男に後を付けられても、怖がらず真っ向から話しかけるなど普通ではない。

少女の後を付ける僕たちも普通ではないが。

「大切な人って、おじさんの娘？」

少女に聞かれ、僕たちは顔を見合わせ、同時に頷く。

「まあ、そんなところだ。いつか戻ってくると信じてるんだけどね」と、父が苦笑する。

「誘拐……」

少女はそう呟くと、「きっと戻ってくるよ。元気だして」と、僕たちを励ます。

「うん、ありがとう」

父はそれだけ言うと、少女に背を向けて歩きだした。僕も少女に手を振りながら父の横に並ぶ。

父は、今にも泣きだしそうな顔をしている。

「変なおじさんたち、さようなら」

振り返ると、少女は両腕を上げ、満面の笑みで手を振っていた。

第三章　別れと出会い

壮大な土地に飛行機が並んでいた。

特攻機である。

飛行場の端の森の中にある戦闘指揮所に、僕はいた。

細長いテーブルを前に、八人の特攻兵たちが並んで立っていた。特攻兵たちの前には、水盃《みずさかずき》と煙草が置かれている。

その中に、太郎の姿があった。

僕を庇ってできた傷には、包帯が巻かれている。僕は、水盃を交わす太郎を沈痛な面持ちで見つめていた。

懐には、彼から預かった母親と妹への手紙と、虎刺繡の千人針（女性たちが一枚の布に祈りを込めて縫い玉を付け、お守りにしたもの）が収められている。

「俺はもう逝くのだから必要ない。君が生きて故郷に帰れることを祈って、これを俺だと思って、持っていてくれ」

太郎は、そう言いながら、僕の手にしっかりと千人針の布を握らせた。

特攻機に乗ってしまえば、待っているのは、〝死〟のみである。爆薬を積み、機体ごと敵の艦船に体当たりするのだ。乗ったら最後、生きて帰ることなどできない。

皆、それを分かっているので、出撃命令が下ると、家族や想い人などに手紙をしたためた。その内容は、死に逝く者の遺書である。

婚約者がいても赤紙が届き、結婚できないまま戦地に来て、「俺のことは忘れてくれ」と、涙しながら手紙を書く者。

戦地にいる間に妻が出産し、自分の子供を抱くことすらも叶わず、死の出撃をする者もいた。

それは、自分たちの死によって、日本にいる大切な人たちを守るという、強い信念があればこそ、だった。

僕たちは軍事教練で、軍人勅諭を学んだ。

「義ハ山岳ヨリモ重ク、死ハ鴻毛《こうもう》ヨリモ軽シト覚悟セヨ」

国に尽くすことは義務であり、山岳よりも重いのだから、動かしがたいものである。兵士一人の死は、鳥の羽根よりも軽いのだ。

「お国のために、命を捨てる覚悟をせよ」と。

僕も、そう思っていた。

だが、実際に自分の大切な友が、特攻機に乗り込む姿を目の当たりにすると、疑念が頭をよぎる。

本当にこれが、正しいことなのだろうか？

僕一人が声を上げたところで、どうすることもできないことは分かっている。

今すぐ太郎に駆け寄り、手を取ってここから逃げだしたい。そんな衝動に駆られる自分を、必死に抑え込んでいた。

特攻機のエンジン音が鳴る。一機ずつ順番に、明け始めた空に向かって飛び立つ。編成を組み旋回し、戦闘指揮所のそばまで急降下すると機体を起こし、空の向こうの死地へと飛び去った。

別れは、あっという間だった。心臓が張り裂けんばかりの苦しさが、一郎から伝わってくる。太郎を失った後の空しさからなのか。

頭の中に白い靄がかかり、やがて無となった。

＊

二〇二三年

「ミャーミャー」と鳴く猫の鳴き声で、目が覚めた。階段を下りると、ふくちゃんが子猫に餌を与えていた。

クレーンゲームで取れそうなほど小さく真っ白で、ぬいぐるみのような猫だ。お椀の中に顔を入れ、もの凄い速さで舌を動かしている。

「その猫、どうしたの？」

子猫を愛おしそうに見つめているふくちゃんに聞いた。

「散歩してたら、この子の鳴き声が聞こえてきてね。公園のトイレの横で震えてたのよ」

と眉をひそめた。

「それで、連れてきちゃったの？」

「だって可哀想でしょ。昨晩の雨で体中が泥だらけで、お腹をすかして助けを呼ぶように鳴くんだもの。つい昔の自分を思いだして、放っておけなかったのよ」

涙ぐむふくちゃんに僕は慌てて、「分かった、分かったから泣かないでよ。僕も猫好きだし、一緒に面倒みるよ」と宥《なだ》めた。

あっと言う間に空になったお椀を手に猫を抱き上げると、ふくちゃんは嬉しそうに居間に入った。僕もその後に続く。

「ふくちゃん、昔の自分を思いだしたって、どういうこと？」

ふと疑問に思ったことを問いかけた。

ふくちゃんは今年八十五歳だ。子供の頃に戦争を体験しているはずだが、今まで一度も当時の話をしたことがない。

僕は昨晩の夢を思いだし、ふくちゃんに戦時中の話を聞いてみたくなった。

ふくちゃんは、お茶を入れた湯呑みを僕の前に置くと、大きく息を吐いた。眉間に皺を寄せ、目を閉じ、昔の記憶を辿るように、ゆっくりと語りだした。

「わたしが四歳の時に、父が大東亜戦争に行ってね。今は太平洋戦争と言われてるけど。わたしが子供の頃は、アジアを平和にする正義の戦争っていって、みんな大東亜戦争って言ってたのよ。必ず死人が出る戦争で平和になるなんて、ありえないことなのに。皆一様に戦争で勝つことが国の平和のためだと、何かに洗脳されているみたいだった。戦争に反対する人や、家族のそばにいたいと出征を拒む人は弱虫とか国の恥だとか言われて、家族まで暴力を振るわれる始末だった」

「今、そんなことで暴力を振るったら、その人たちが逮捕されるよ。それって犯罪だよ」

「そうね。当時は、勝ってくるぞと勇ましく出征して戦場で死ぬことが名誉で、生きて帰ってきたら恥とされていたの。せっかく生きて帰ってきても、家族まで非難されて自殺する人もいたのよ」

「理解できないよ……」

僕は言葉を失ってしまった。

ふくちゃんは、記憶にかかったもやを消すように、淡々と話し続ける。

「父が出征した時、わたしは四歳で弟はまだ二歳だった。父の顔も声も、抱き上げてくれた手のぬくもりも覚えていない。出征する時に撮った写真の中の父しか知らないの。そのたった一枚の写真も空襲で燃えてしまった」

「東京大空襲……」

呟くと、ふくちゃんは静かに頷いた。

「当時、国民学校の三年生から六年生までは、集団疎開で東京を離れたの。二年生だったわたしは、母や弟と一緒にいることができた。そして忘れたくても忘れられない――一九四四年の十一月頃からB29が落としたたくさんの焼夷弾で東京が焼け野原になって……。でも、その時はまだ母も弟も一緒にいて、空襲警報が鳴る度に防空壕に逃げ込んで、三人で抱き合って寒さを凌《しの》いでたわ」

ふくちゃんは寒そうに身震いすると、両手で湯呑みを包み込み熱いお茶を啜る。

沈黙をおいて、ふくちゃんは重い口を開く。

「一九四五年の三月十日、土曜日の午前零時過ぎだった。母に起こされて、すぐに飛び起きて防空壕に逃げ込んだの。入った途端に地響きがして、そこで空襲警報が鳴るのと同時に、大雨に雹《ひょう》が混ざりあっているようなザザザザって音がしたかと思うと、バーンバーンと大きな音と子供や大人たちの大勢の悲鳴が聞こえて、震える手で耳を押さえた」

ふくちゃんは再現するかのように、目を瞑り耳を押さえた。

「でもすぐに外の様子を窺っていた母が弟を背負うと、わたしの手を引いて防空壕を出て国民学校に向かって走りだした」

「国民学校?」

「そう、避難場所が国民学校だったから、防空壕で蒸し焼きになるよりは移動したほうがいいと思ったのね。学校への道のりは、地獄のようだった。雹のように落ちてくる火の玉で家が燃えていて、燃えた何かの破片が強い風に煽られて、飛んで襲ってくる。火がついたまま逃げまどう人たちもいた。家や人だけでなく、空までも真っ赤な炎で燃え尽きて、この世の全てが消えてなくなるかと思った。とても現実に起こっていることとは思えなかった」

僕は、胸を内側から掴まれるような息苦しさを感じた。

「学校に避難できたの?」

胸を押さえながら、ふくちゃんに問いかけると、ふくちゃんは首を振った。

「校門の前で、扉を開けろーって叫ぶたくさんの人たちが見えて、母は入れないと思ったのね。わたしの背中を押して、『走れー!』って叫んだの。わたしは背中を押された方向に無我夢中で走って走って、息が苦しくなって転んでしまった。そしてそのまま気を失ってしまったの。気づいたら目の前が真っ暗で、焦げた材木の山が目の前にあった。でも、よく見たら、それは黒焦げの……死体の山だったの」

僕は、あまりのむごさに言葉を失った。

その気持ちを汲み取るかのように、ふくちゃんは僕を見つめながら口を開く。

「真っ赤だった空は、灰色の靄《もや》がかかったようになっていて、体を起こしたら、自分がどこにいるのか分からないほど焼け野原だった。弟を背負った母の姿もなくて、履いてた草履もなくなってたから裸足のまま母と弟を捜して歩き続けた。でもね、歩いても歩いても、あたり一面焼け野原で、家の場所も、自分がどこにいるのかも分からなくなった。そのうち足の感覚がなくなって、その場にしゃがみ込んでいたの。そしたら通りすがりのおじさんたちが、上野駅に行ってみようって話をしていて、それを聞いて、もしかしたら母と弟もいるかもしれないと思って」

ふくちゃんは、湯呑みの中のお茶を眺めながら語り続ける。

「上野駅を隅から隅まで捜して歩いたけど、見つからなかった。でも、ここにいれば、いつか母が探しに来てくれるんじゃないかと思って、上野駅の地下道に住み着いたの」

「地下道？」

僕は驚いて目を見開いた。

「驚いたでしょ？　今は綺麗だけど、当時は家をなくした人たちが住み着いてたから、トイレも入れなくて、そこでするから排泄物の臭いやら残飯の臭いやらで、最初は気持ち悪かったけど、そのうち慣れたわ」

「子供が地下道で暮らすなんて……」

「今じゃ考えられないわよね。でも当時は空襲で、親も家も全て失って、天涯孤独になる子供たちが絶えなかったの。浮浪児って呼ばれたわ」

「浮浪児？」

「そう、子供の浮浪者だから、浮浪児」

ふくちゃんは、泣きだしそうになりながらも笑みを作り、テーブルに付いた傷を指でなぞった。

「警察が保護するとか、大人たちに頼ることはできなかったの？」

僕は遣る瀬ない思いで、ふくちゃんの指を見つめる。

「戦争に負けたことで、日本は混乱状態だったのよ。大人たちも全てを失って、自分が生きていくだけで精一杯。後で知ったけど、第二次世界大戦で路頭に迷った戦災孤児は日本中に十二万人以上もいたのよ。警察も手に負えないわよ。上野駅で子供同士、助け合いながら生き延びるしかなかった。捕獲された野犬みたいにトラックに積まれて施設に送られた子もいたけど、施設で酷い目に遭って結局、上野に戻ってきたわ。どこへ行っても捨て犬や野良猫みたいに、『しっ、しっ、あっち行け！』って追いやられたわ。ごみ箱の残飯を漁《あさ》ってたから、犬や猫と変わらなかったけどね……。ああ、喉が渇いたわ」

ふくちゃんは喉をさすりながらお茶を一気に飲み干した。

「残飯なんか食べて、大丈夫だったの？」

僕が急須のお茶を注ぐと、「わたしも歳ね。長く話すとすぐに喉が渇くわ。戦後七十八年近く経つんだから、当たり前ね」と、お茶を一口飲み、話を続ける。

「当時は、残飯でも食べられたら幸せだったわ。食べる物がなくて餓死する子もいたし、腐った物を食べて食中毒で苦しみながら逝ってしまう子もいたけど……。そうそう、特別仲良くしてた子がいてね。年の頃は、わたしより小さかったから四、五歳ぐらいかしら。〝へいちゃん〟って言ってね。弟みたいに面倒をみてたの。たとえ食べる物が半分になっても、二人でいると楽しくて、寂しくなくて、寝る時も温かく感じられて……。でも、お母さんが迎えに来てお別れしたけど、たまに会いたくなるのよ。元気でいてくれたらいいけど」

ふくちゃんは子猫を膝にのせ、優しい笑みを浮かべる。

「その後もずっと、一人で地下道にいたの？」

「それがね、へいちゃんがどこからか連れてきた軍人さんがいてね。へいちゃんと別れてから、今度はその軍人さんと一緒にいたの。そしたら、優しいおばさんが現れてね。その人は、〝愛の家〟っていう孤児院をやってる人でね。その日のうちに、そこに連れていかれて生活を始めたの。皆親切で、本当に幸せだったわ。ご縁というのは、本当に不思議で有り難いものだと思ったわ。そうそう、その軍人さんが私とへいちゃんにキャンデーをくれて……。ほっぺたが落ちそうなほど美味しかったわ」

ふくちゃんは当時を思い出すように、穏やかな笑みを浮かべた。

「だから、店の名前を〝キャンデー〟にしたの？」

僕が聞くとふくちゃんは、「ふふふっ」と少女のように笑った。自分が浮浪児だったことを、ずっと話せずにいたのだと言って、涙を浮かべながら子猫と寝室に入っていった。

ふくちゃんの話を聞いた僕は、前世の夢では見ていない戦後の実状を知り、衝撃を受けた。

大きな傷跡を残したのは戦地で戦っていた者だけではない。

むしろ、愛する人を断腸の想いで戦地へ見送った人々もまた、自分たちの国で想像を絶する被害に遭い、生き残った者でさえも、一生心に残る深い傷を背負わされている。

一九四五年三月九日、警戒警報が鳴ったのは二十二時三十分のことである。

そして翌十日、深夜零時八分、約三百機のB29爆撃機が東京の上空から一斉に、焼夷弾を投下した。

その焼夷弾は、M69（小型の油脂焼夷弾）を三十八本まとめたE46を集束焼夷弾としてB29に搭載されたものだ。この日は約三十二万本が落とされた。

ふくちゃんは、まだ七歳だった。そんな幼い少女が、爆撃を受けていた約二時間半の間に家族を失ってしまったのだ。

ふくちゃんだけではない。百万人に及ぶ人々が被災し、十万人以上が命を落としたのである。たったの二時間半で、だ。

戦争により路頭に迷った戦争孤児は十二万三千人以上と言われている。

それほどの幼い子供たちが家をなくし親を亡くし、飢えに苦しみ、物乞いをすれば犬猫のように追い払われていたのである。

追い払われた結果、路地裏のゴミ箱を犬や猫のように漁り、それを分け合う。腐ったものを食べ、食中毒から死に至る子供もいた。

幼少時代に浮浪児と言われた子供たちのなかには、戦後七十八年が過ぎた今でも口を閉ざしている者が多いと聞いた。

気丈なふくちゃんでさえ、今日まで幼少時代を語ることがなかった。それは七十八年という長い間、想像を絶する、トラウマを抱えてきたということだ。

前世の夢に出てくる僕は大人で、浮浪児の苦悩を経験することはできない。

しかし戦争を始めた結果、日本という国やそこに住まう人々が、どんな結末を迎えたかは言うまでもない。

戦争体験者が減っていく中で、戦争がいかに無意味なものであるかを知る者も、語り伝える者も、いなくなってしまうのではないかという不安に苛《さいな》まれる。だが、前世が見えなくても、戦争を体験していなくても、明確な答えが一つだけある。

ふくちゃんも涙ながらに訴えていた。

「国と国との戦争で、必ずそこには〝死〟がある」

戦争では人の死は決して免れない。

たとえ戦争で勝ったとしても、他国の人々を死に追いやり、自国民をも犠牲にしたという結果が伴う。それだけではない。

戦争とは、自然を破壊し燃え広がる炎と煙で空を赤黒く染め、人間だけではなく、生きとし生けるもの全てを殺《あや》める所業だ。言うなれば戦争イコール殺戮だと、僕は思わずにはいられない。

もしも国に感情があるとしたら、果たして国は、あらゆる自然を破壊し、人々が殺し合うことを許せるのだろうか。

一九四五年（昭和二十年）八月十五日、およそ三年半続いた太平洋戦争で、日本は多くの犠牲者を出し、負けた。この日、昼から天皇陛下による玉音放送があった。

初めて日本人が天皇の声を聞いた日でもある。

僕は終戦の日、天皇陛下が何を思い、何を語ったのか知りたくなった。

祖父が残したという昭和天皇の公文書が載った新聞記事が、仏壇下の引き出しに収められていた。一緒に現代語訳の全文の記事も見つけた。現代語訳の記事は二〇一四年のものなので、ふくちゃんが入れたのだろうと思った。果たして、偏差値の低い僕が詔書全文を読み終えることができるのか。自信がなかったが、「今読まずして、いつ読むのだ」と、祖父に言われたような気がして、現代語訳の全文を手に取った。

［終戦の詔書・玉音放送の全文］
「私は深く世界の大勢と日本の現状に鑑み、非常の措置をもって時局を収拾しようと思い、忠義で善良なあなた方臣民に告げる。

私は帝国政府に米国、英国、中国、ソ連の４カ国に対しその（ポツダム）宣言を受諾することを通告させた。

そもそも帝国臣民の安全を確保し世界の国々と共に栄え、喜びを共にすることは、天皇家の祖先から残された規範であり、私も深く心にとめ、そう努めてきた。

先に、米・英２カ国に宣戦を布告した理由もまた、帝国の自存と東亜の安定を願ってのものであって、他国の主権を侵害したり、領土を侵犯したりするようなことは、もちろん私の心志（意志）ではない。

しかしながら、戦闘状態はすでに４年を経て、わが陸海将兵の勇敢な戦闘や、官僚・公務員たちの励精、一億民衆の奉公は、それぞれ最善を尽くしたにもかかわらず、戦局は必ずしも好転せず、世界の情勢もわれわれにとって不利に働いている。

それだけでなく、敵は新たに残虐な爆弾（原子爆弾）を使用して、罪のない人々を殺傷し、その被害ははかり知れない。それでもなお交戦を継続すれば、ついにわが民族の滅亡を招くだけでなく、それから引き続いて人類文明をも破壊することになってしまうだろう。

そのような事態になったとしたら、私はどうしてわが子ともいえる多くの国民を守り、皇祖皇宗の神霊に謝罪することができようか。これが私が政府に宣言に応じるようにさせた理由である。

私は帝国とともに終始、東亜の解放に協力してきた友好国に対して、遺憾の意を表さざるを得ない。

帝国臣民であり、戦場で没し、職場で殉職し、悲惨な最期を遂げた者、またその遺族のことを考えると内臓が引き裂かれる思いがする。さらに戦場で負傷し、戦禍に遭い、家や仕事を失った者の厚生については、私が深く心配するところである。

思うに、今後、帝国の受けるであろう苦難は尋常ではない。あなたたち臣民の本心も私はよく知っている。しかし、私はこれからの運命について堪え難いことを堪え、忍び難いことを忍んで将来の万世のために太平の世を切り開こうと願っている。

私は、ここにこうして国体（天皇を中心とする秩序）を護持して、忠良なあなた方臣民の偽りのない心を信じ、常にあなた方臣民と共にある。もし激情にかられてむやみに事をこじらせ、あるいは同胞同士が排斥し合って国家を混乱に陥らせて国家の方針を誤って世界から信用を失うようなことを私はもっとも戒めたい。

国を挙げて一つの家族のように、子孫ともどもかたく神国日本の不滅を信じ、道は遠く責任は重大であることを自覚し、総力を将来の建設のために傾け、道義心と志操（守って変えない志）をかたく持ち、日本の栄光を再び輝かせるよう、世界の動きに遅れないように期すべきだ。あなた方臣民は私のそのような意を体してほしい」

天皇陛下もまた、心を痛めていた。

昭和十六年九月六日、宮中で御前会議が開かれた時、天皇は和歌を詠みあげた。

よもの海　みなはらからと　思ふ世に　など波風の　たちさわぐらん

「世界の人々が皆、同じ父母から生まれた兄弟姉妹のように思いあえば、戦争は起きないだろう」というような意味だ。

明治天皇が日露戦争が始まる直前に、御前会議で詠んだ和歌だった。しかし、昭和天皇がこの歌に託したとされる真意は分からないが、この歌とはうらはらに日本は日米開戦へと突き進んでいった。

一つの国が戦争を始め、一つの国を滅ぼす。

そしてまた一つの国が戦争を始め、一つの国を滅ぼし、そしてまた戦争が始まる。そうして、最後に残った国も、同じ国の人間同士で争いが起きれば、世界に人間という存在がいなくなるかもしれない。

戦争から平和は生まれないのだ。戦争こそが人類滅亡の危機なのかもしれないとさえ思う。

そして、前世で臣民と呼ばれた人々の記憶を視ることのできる僕に、一体何ができるのだろうか。神が与えた能力ならば、繰り返される悲劇を止めろということなのか？

いや、頭のいい人間ならまだしも、偏差値は極端に低い僕に、前世の夢を見る以外に何を成せというのだ。

僕は、途方に暮れた。

十七歳で出会ってから十年、太郎との距離も少しずつ縮まり、彼から念願の食事の誘いがあった。

これまで僕が誘えば必ず付き合ってはくれたが、彼からの誘いは一度もなかった。

ふくちゃんは、彼に大きな心の傷があるのではないかと心配し、事あるごとに彼をキャンデーに呼んだ。

大好きなオムライスを出されると、彼はその大きな口で勢いよく頬張る。

ふくちゃんは満足気に微笑みながら、彼の目にかかった長い前髪をヘアピンで留めた。

最初は嫌がって外していたが、面倒になったのか今ではされるがままである。

なぜ彼が視界を遮るほどの長い前髪を切らないのかは謎のままだが、決して人と目線を合わさず、必要以上に口を開かないことも、何か事情があってのことだろう。

ふくちゃんも僕も無理に聞き出そうとはしなかった。ただ冗談ばかり言っては、彼が薄い笑みを浮かべるだけで満足していた。

待ち合わせの場所は、駅に直結したショッピングモールの時計台の下だった。

平日でも人が多く、休日とあってはは家族連れでさらに賑わっていた。人混みが嫌いな彼がなぜ、この場所を選んだのかは不思議である。

しかも一番混み合いそうな昼の一時だ。

三十分も早く着いてしまった僕は、時計台が見える位置にあるベンチに腰を下ろした。

子供たちが時計台の周りで追いかけっこをしている。五歳ぐらいだろうか。男の子が、母親の手を振り払い追いかけっこに加わる。

一人加わっただけで時計台の周りがさらに賑やかになる。

ふいに、ふくちゃんが繰り返し話していた、僕が四歳の時の話を思いだす。

買い物に出かけては走り回る僕を、必死に追いかけていた母。そのうち、母も楽しくなったのか二人で大はしゃぎして警備員に叱られたという。

それを聞いた父は、「沙代子らしい」と大笑いし、ふくちゃんは呆れたそうだ。

僕の記憶の中にいる母も少女のように無邪気な人だった。そんなことを考えていると、時計台の向こう側にある自動扉から、黒いパーカーのフードを目深《まぶか》にかぶり、穴のあいたジーンズを穿いた背の高い男が入ってきた。

太郎だと思った。僕は立ち上がり手を振る。

いつもは黒いマスクだが、今日は白いマスクが妙に浮いて見えることに不自然さを覚える。

彼はいつものように、僕が手を振っても何のリアクションもせず、真っ直ぐこちらへ向かって、ゆっくりと歩いてくる。今回は彼が誘ってきたのだから、せめて片手を上げるぐらいはしてほしい。

そんな思いで見ていると、時計台の後ろまで来た彼が、ゆっくりとあたりを見回した。また僕が右手を上げ、歩き出した時、事件は起きた。

太郎は突然時計台まで駆け寄ると、パーカーのポケットから右手を出す。その手にはナイフがしっかりと握られていた。

ギラギラと異様な輝きを放つその目に怯《ひる》む。

太郎ではないと気づいた瞬間、その男は大きな奇声を発した。

周りにいた人々から笑顔が消え、恐怖の顔へと一変する。

子供の泣き叫ぶ声。大人たちの悲鳴が館内中に響き渡る。時計台の下にいた子供たちの親が、咄嗟に我が子を抱き抱え逃げだす。

僕は正面を向いたまま体が動かず、その光景をただ呆然と見つめていた。

逃げようとした子供が転ぶ。助けなければと思うが、金縛りのように体が固まっている。

ナイフを振り回していた男が、男の子に気づいた。男がうめき声をあげながら子供に近づいた時、何かが僕の横を、もの凄い勢いで走り抜けた。

ほのかに石鹸の香りが漂う。同時に僕の体が金縛りから解き放たれる。

子供に駆け寄ろうとしたが、男は待ってくれない。

男がナイフを振りかざす。

だが、鋭いナイフの先にいたのは、子供を庇う女性の背中だった。

「危ない！」

僕は咄嗟に叫んだ。一瞬の出来事だった。

同じ格好をした別の男が横から跳び蹴りを食らわす。太郎だった。

太郎がナイフを持った男を一撃で倒すと、男の手から離れたナイフが持ち主を捜すように回りながら僕の足元に着地した。

視線をナイフから男に戻す。飛んだ勢いでパーカーのフードが外れた。太郎が男を押さえつけながら、こちらを見ていた。

子供は駆けつけた父親に抱き上げられ、泣き続けている。勇敢な女性は、うつ伏せにされた男の両足を、首に巻いていたストールで縛り付けていた。

隠れていた人々が出てきて、太郎と女性に向かって拍手する。

警備員と警察官が一足遅れて到着し、両腕両足を縛られた男の身柄を確保した。

僕の足元にあったナイフも警官が押収した。

前回の事件の時に春くんから、「凶器に付いた指紋が証拠になる」と聞いていたので、触らずにいた。

太郎と女性は、同時に額の汗を拭いながら僕のもとへ歩み寄ってくる。二人の晴れやかな顔つきに、なぜか胸が高鳴る。

「初めまして」

子供を守った勇敢な女性が僕に微笑む。

石鹸の香りが、心地よく鼻をくすぐる。ドキドキが止まらないとはこんな時に使うのだと思った。女性に対する初めての感情だ。

ポニーテールがよく似合う彼女を見つめていると、「俺の妹」と太郎がぼそっと呟いた。

「妹?」

妹がいるのは初耳だった。太郎は家族について語ることがなかったし、ふくちゃんも僕も、勝手に太郎は一人っ子だと決めつけていた。

しかも、にこにこと満面の笑みで明るく挨拶する彼女の姿は、太郎とは似ても似つかない。

前髪も眉毛の上にある。

「あ、初めまして」

鼓動が速くなる胸を押さえ、挨拶を返す。

「妹の可憐です。いつも兄がお世話になってます」

丸く大きな目を細め、頭を下げる姿にキュンとする。

「いや、僕は何も……」

慌てて首を横に振った。

「じゃ、どこか入って食事しようか」

何もできなかった自分が急に恥ずかしくなり、彼女から視線を外し太郎に聞く。

太郎はいつものように、こくりと頷いた。

歩きだそうとした時、「君たち、ちょっと待ってくれ」と、一人の警官が走り寄ってきた。

「ちょっと話を聞きたいから、一緒に来てくれる？」

僕たちは頷き、警官に従った。

そして十年前に暴漢を捕まえ、表彰された警察署で、事情聴取を受けた。

太郎の妹は警察署に初めて入ったと言い、目を輝かせ、キョロキョロしている。

太郎と彼女は体を張って子供を守り、犯人を捕まえたので表彰されるだろう。

警官に聞かれたことを、ありのままに淡々と答えていると、スマホの着信音が鳴った。

画面表示に、ふくちゃんの名前が出る。

警官に頭を下げ、電話に出た。

「光、今どこ？」

心なしか僅かに声が震え、緊張している様子が伝わってくる。

「何かあったの？」

電話に手を当て小声で話す。

「大変なの！ 達彦が事故で病院に運ばれて、今病院に向かってるの。光もすぐに来て」

ふくちゃんの緊迫した様子に、スマホを持つ手が痺れたように震える。

「どこの病院？ うん、すぐ行くから」

それだけ伝えると僕は電話を切り、警官に事情を話した。

「後で電話する」

太郎に言い、警察署を後にした。


父が運ばれた病院は、警察署から走って十分ほどの場所だった。家からだと車で十五分はかかるので、警察署にいて良かったのかもしれない。

病室に入ると父は、ぴんぴんしていた。

「あれ、光来たのか」

「ふくちゃんから電話があってさ。どうしたの？」

「ごめんなさい。わたしのせいなんです」

ベッドの横にいた女性が、頭を下げた。

「羽田愛梨《はねだあいり》さんだ」

父が彼女の名前を出した瞬間、僕は息をのんだ。彼女は十年前に、たった一度だけ会った母の生まれ変わりの少女だった。

父が目配せをしなくても、どんぐり眼で丸顔の羽田愛梨は、体が大きくなっただけで、十年前とさほど変わってはいなかった。

「羽田愛梨です」

羽田愛梨が丁寧に頭を下げる。

「あ、光です」

僕もつられて深々と頭を下げた。

「達彦さん、私を庇って怪我をして……。本当にごめんなさい」

羽田愛梨が、もう一度頭を下げた。

「そんなに謝らなくていいのよ。あなたが無事で良かったわ」

病室のドアが開き、ふくちゃんが入ってきた。

「軽い捻挫だけど、頭を打ったから念のため検査を受けて、異常がなければ明日、退院ですって、まったく、心配で生きた心地がしなかったわよ。車かと思ったら、自転車だなんて」

「自転車？　自転車にぶつかったの」

僕が呆れたように言うと、「なんだよ、自転車だって車だろ」と父が、とぼけた顔つきをする。

隣で羽田愛梨がクスクス笑う。

父は、そんな愛梨を愛おしそうに見つめている。彼女もまた、父の視線にはにかみ、頬を赤く染めている。

同じ病室にいるふくちゃんや僕のことも見えていない。二人の世界が広がっていた。

「ふくちゃん、先に帰るね」

僕はふくちゃんに声をかけると、病室を後にした。

父と愛梨が醸しだすあの雰囲気は間違いなく、かつて父と母の間にあったものだった。

年齢も容姿も全く違うが、二人は魂で結ばれているのだと、納得せざるをえない。

かつて小さな僕を抱きしめ、愛情を注いでくれた母の生まれ変わりだと確信してはいる。

だが、現実に自分より七歳も年下の彼女を目の前にすると、複雑な気分だ。

そんなことを考えながら歩いていると、太郎と可憐が目の前の横断歩道を渡ってくるのが見えた。

「あれ、どうしたの？　事情聴取は？」

僕が聞くと太郎は、「終わった」とだけ答えた。

「どうしても心配だったから来てみたの。お父さん、大丈夫だった?」

今日会ったばかりの可憐のほうが心配そうに僕を見つめる。太郎も長い前髪で表情は分からないが、両手をポケットに入れては出してを繰り返している。

「ピンピンしてたよ。軽い捻挫でちょっと頭を打ったから検査結果が出たら退院できるって。心配かけてごめん」

僕が苦笑すると可憐は、「良かったぁ」と胸に手を当て、微笑んだ。

「ふくさんは?」

安心した様子の太郎が、病院に視線を移す。

「もうすぐ帰ると思う。それより、食事できなかったな。よかったら今度、二人で家に食事しに来てよ」

僕は内心、ドキドキしながらも平静を装って言った。

「わたしも、いいの?」

「ああ、二人で来てよ」

「光くん、ありがとう」

可憐は、花が咲くような笑顔を見せた。

僕は恥ずかしさで可憐の目をまともに見ることができず、太郎に「じゃ、また」と声をかけ、その場を離れた。

第四章　真実

太郎が逝った二ヶ月後に日本は降伏し、終戦となった。

あと二ヶ月早ければ、太郎は生きて故郷の土を踏めたと思うと、悔しさで体が震えた。

一九四五年九月、僕は故郷に帰り、あたり一面が焼け野原となった場所に呆然と立ちつくしていた。

丸の内の駅舎が焼失し、屋根が焼け落ちた東京駅だけが、ぽつんと取り残されたように寂しげに存在している。市街地の大半が焦土と化していた。

東京駅から自分の家があったはずの場所に向かって歩を進める。煎った豆のにおいが鼻を突く。

歩いても歩いても、自分の家が見つからなかった。

「一体、何のために戦ったんだ」

お国と家族を守るため戦地へ赴き、たくさんの仲間たちと命をかけて戦った。

だが、どうだろう。目の前に広がる無惨な現実は僕の予想を遥かに越えていた。

「一郎くんか」

背後から声をかけられ振り向くと、向かいの家に住んでいたおじさんが真っ黒な顔で僕を見ていた。

僕が頷くと、おじさんは真っ黒な涙を流す。

「生きていたのか。良かった、良かった」

「おじさん、家が見つからないんだ」

僕はすがるような目を向けた。

「分からんのだよ。みんな真っ黒に焼け焦げて見分けがつかんかった。あちこちに何重にも折り重なったまま放っておかれた遺体が山のようにあって、手がつけられんかった。俺も娘を捜しているが……。どこにいるのか」

涙を流し続けるおじさんの顔が痛ましい。

おじさんだけではなかった。あちらこちらで家族の名を叫び続ける声が耳に入ってくる。

絶望した様子で道端に横たわる人もいる。

皆一瞬にして家族も家も失ってしまったのだ。

「もう少し、もう少しだけ捜してみます」

「ああ、上野の駅舎は残っていて、みんな行ったようだ。もしかしたら、そこにいるかもしれない。行ってみるといい。どうせここにいても寝る場所はない」

そう言っておじさんは、うつろな目で僕を見つめた。

「ありがとう。行ってみます」

僕は、おじさんに礼を言うと、上野駅に向かって歩きだした。

あたりを見回しながら、一縷の望みを胸に家族を捜していると突然、後ろから軍服の裾を掴まれ振り返る。

見下ろすと、小さく痩せ細った男の子が立っていた。灰と垢のせいか、この子も顔が真っ黒だ。

「どうした、一人か？　かあちゃんは一緒じゃないのか？」

口を真一文字に結んだまま子供は首を振る。

周囲を見ても母親らしき人は見えない。

「そうか、お前も一人か」

子供の目線に合わせて膝を折る。すると彼は、両手のひらを上に向け僕に差し出した。

「食べもんが欲しいのか？」

コクンと頷く。

今にも折れそうなほど細い腕に胸を痛め、僕は迷わず残しておいた一欠片《かけら》の芋と一粒のキャンディを小さな手のひらにのせた。

のせるやいなや、彼は芋の欠片を口の中に放り込んだ。唇が乾燥し、硬くなった皮の端から血が滲んでいる。

僕は水筒の蓋を開けると、ゆっくり彼の口元に当てた。水筒に小さな両手を添え喉を鳴らして水を飲む。その様子に胸が締め付けられる。

「へいちゃん！　やっと見つけた」

背後から声がして振り向くと、へいちゃんより少し背丈の大きな子供が、僕の顔をじっと見つめている。

「君はこの子の兄弟？」

自分で切ったのか、前も後ろも不揃いな髪の長さで、男女の区別ができない。やはり顔は真っ黒だ。

「ふうねえちゃん」

へいちゃんが呼んで、やっと女の子だと分かる。汽車の中で、浮浪児の女の子は売られていると聞いた。
きっと、この子も身の危険を感じて男児のふりをしているのだろう。
へいちゃんがズボンのポケットからキャンディを出し、「ふうねえちゃん、あげる」
と、一粒しかないキャンディを差しだす。
僕は慌てて、最後の一粒を軍服のポケットから出し、ふうねえちゃんに渡した。
「いいの？」
少女は目を輝かせ僕を見つめる。
僕は笑顔で大きく頷いてみせた。
「この子はね、駅の待合室で一人ぼっちだったの」
ふうねえちゃんは、へいちゃんの手を取り歩きだす。
幼い二人を不憫に思い、気がつけば二人の後ろに付いて歩いていた。

「どこで寝ているんだい？」

僕が問いかけると、彼女は前を向いたまま、「上野の地下道」とだけ答えた。こんなに幼い子らが地下道で生活し、二人で支え合っていることに胸が締め付けられる。

ほどなくして上野の駅が見えてきた。ほとんど戦災の被害に遭わずに形を残している姿に胸を撫で下ろす。

だが、地下道に入った瞬間、厠《かわや》でもしないような大小便の強烈な臭いが鼻を突き、吐き気をもよおした。

他にも残飯や、何日も風呂に入っていないような体から出る悪臭が寄せ集められ、自分の鼻だけではなく、体中に染み込んでいくのではないかという嫌悪感を抱くほどだった。

だが、子供たちは悪臭の中を平然と歩いていく。

ふうねえちゃんは子供二人がやっと座れるような場所を見つけると、湿った新聞紙を敷いた。へいちゃんを座らせ、自分も腰を下ろす。

「ここで寝るのか？」

この子たちに他に行く場所などないことは分かっていたが、聞かずにはいられなかった。

二人は無言のまま、小さく頷いた。

垢や煤《すす》で汚れた真っ黒な顔、その中にあるまだ幼い二人のつぶらな瞳を見ていると、涙が止めどもなく流れた。

「ごめんな、ごめんな」

戦争に加担し負けて、この子たちを路頭に迷わせた罪悪感に、胸が押しつぶされそうになる。気づけば二人の前に跪《ひざまず》き、何度も頭を下げていた。

ふうねえちゃんは、謝る僕をただジッと見つめている。へいちゃんは細い足で立ち上がると、僕の頭を撫でた。

「兄ちゃんのせいじゃないよ」

ふいに、ふうねえちゃんが口を開く。

「ここでね。毎日、死んでいっちゃう人たちがいるの。餓死だって、駅員さんが話してた。戦争なんかしなかったら、みんな死んでなかったよね。お父さんもお母さんも弟も犬のシロも生きてて、みんな一緒にいられたんだよね。どうして戦争なんかしちゃったのかなあ？　みんな、いなくなっちゃった」

子供だというのに、涙も流さず淡々と、疲れ切った様子で話す彼女の顔をまともに見られず、僕の目からは涙が溢れでていた。

僕はどうしても二人を放っておけず、子供たちを救う方法を考えるべく数日ここに留まることにした。

へいちゃんを抱いたまま、薄汚れた壁にもたれかかり寝ていると、「平蔵、平蔵起きなさい」と、甲高い女の声が耳を刺した。

重い瞼を開けると、やけに化粧の濃い派手なワンピースを着た女が、僕らを見下ろしていた。

「母ちゃん！」

へいちゃんが僕の膝の上で飛び起き、女の腕に抱かれた。母親らしい格好ではないが、へいちゃんの頭を優しく撫でている姿を見ると、母性はあるのだと、ほっとする。

「ふうちゃんと一緒に行きたい」

へいちゃんは母親に訴えた。

「駄目、あんた一人でも大変なんだから、ほら行くよ」

ふうちゃんを横目に見ながら、女は礼も言わず、へいちゃんを連れ去ってしまった。

一人残されたふうちゃんは、凜とした表情で二人を見送っている。

「僕と一緒に行くか？」

弟代わりだったへいちゃんが去り、また一人ぼっちになってしまった少女を見て、思わず口を衝いて出た言葉だった。正直、子供を育てる余裕など今の自分にないことは分かっている。

だが、この子を一人置いてここを去ることなど到底できなかった。

ふうちゃんはコクンと頷くと、僕の後ろを付いてきた。とりあえず太郎の家を訪ねてみようと思った。横浜も被害に遭ってはいるが、東京ほどではないだろう。太郎の家族が生きていれば、何日か身を寄せることができるかもしれないと考えた。

「お嬢ちゃん、一人なの？　お父さんとお母さんは？」

上野の駅を出たところで着物姿の婦人が、僕から五十メートルほど離れて歩いているふうちゃんに声を掛けていた。

僕が近づくと、婦人は、「この子の、お兄さん？」と聞いてきた。

にこやかで、身なりもきちんとした、人の良さそうな人だったので、事情を説明すると、〝愛の家〟という孤児院を経営していて、孤児を保護しているという。

ふうちゃんを育てる余裕も自信もなかった僕は、この女性の連絡先を聞き、ふうちゃんをお願いすることにした。

ふうちゃんも女性の手を取り、安心した様子で去っていった。僕は、ふうちゃんの背中を見ながら、幸せを願わずにはいられなかった。

＊

重い瞼を開け体を起こすと、体中の骨が軋《きし》むような痛みを覚えた。

枕の上についた手が湿る。汗にしては異常なほど枕が濡れていた。理由は分かっている。前世で流した涙の跡だ。

戦場とは違う、親を亡くした子供たちの悲惨な状況を目の当たりにしたからだ。

前世の夢を見るたびに、戦争からは何も生まれず、大切なものを失うだけなのだと思い知らされる。

何者にも代えがたい、尊い命を粗末にするだけの戦いに、何の意味があるのだろうか。

お国のために戦って傷を負い、戦えなくなれば仲間に見放され、復員兵として生きて故郷に帰れたとしても、愛する家族は戦争の犠牲となり行方知れずだ。

こんなことなら、たとえ命を失うことになろうとも、愛する家族のそばにいて守ってやりたかったと、後悔の念がやまない。前世で生きた一郎の無念が、自分の心に棲みついて離れない。ため息がもれ、ぼうっとしていると戦時中の生き証人、ふくちゃんが階下から大声をあげる。

「光、朝ご飯よ！」

威勢のいい声に毎朝、現実に引き戻される。

階下へ下り、キッチンに入ると、テーブルの上にはずらりと様々なおかずが用意されていた。椅子に腰掛け、目の前に並べられた鮭とハンバーグを交互に見る。

「朝からこんなにたくさん食べられないよ」

僕が愚痴をこぼすと、「何言ってるの、若いんだから朝はたくさん食べなさい」と、ふくちゃんは既にハンバーグを頬張っていた。

御年八十五歳とは思えないほどの驚異の食欲である。

戦時中、飢えに苦しんだことが原因なのか、ふくちゃんは毎日五品以上のおかずを用意する。それをテーブルに並べては、満足げに笑みを浮かべる。

寝起きにこの量は、さすがに無理だと思っていると、玄関のチャイムが鳴った。

天の助けとばかりに玄関のドアを開けると、太郎が立っていた。

「どうした？」

僕が聞くと、太郎は前髪で隠れた目を少しだけ見せ、「ジムに行こうって約束してたから」と、ぼそっと呟く。

ハッとした。今の今まで忘れていたのだ。

太郎との約束を忘れたのは初めてのことだった。

「ちょうど良かった。太郎ちゃんも一緒に朝ご飯食べなさい」

ふくちゃんがキッチンから顔を出し手招きした。太郎は、こくんと小さく頷くと、僕を横目に家に上がった。

食卓を見た太郎は、口の端をわずかに上げると椅子に腰掛け、あっという間に目の前のおかずを平らげていく。

「太郎ちゃんは本当にいい食べっぷりね。見ていてとっても気持ちがいいわ」

ふくちゃんは満足げに笑い、おかげで僕は助かった。朝食を済ませた僕たちは、ジムに移動した。

食べ過ぎで胸焼けしないか心配している僕の思いをよそに、太郎は黙々と体を動かす。

前世の太郎と現世の太郎が重なって見えた。

前世の太郎を思いだし、涙ぐんでいると、現世の太郎がタオルを差し出していた。

「ありがとう」

いつの間にか、汗びっしょりになっている自分に苦笑しながら、タオルを受け取る。

一度だけちらっとだが、シャワーを浴びる彼の背中に大きな痣《あざ》を見つけた時、突然息が苦しくなり胸が締め付けられた。

前世の太郎が、戦場で背中に受けた傷と同じ場所、同じ形だったからだ。

シャワールームを出ると、先に着替えを済ませた太郎が、「下で待ってる」と言いロッカーを出ていった。

慌てて服を着ていると、足元に何か落ちていることに気がついた。太郎の財布だ。拾い上げた時、カードポケットからはみ出している写真が見えた。

太郎が財布に入れている写真。見たい衝動を抑えられず、引き出した。

それは、何かの記念に写真スタジオで撮ったであろう家族写真だった。

袴姿の男の子が片手に千歳飴を持ち、満面に笑みをたたえている。太郎だ。今では目を隠し、滅多に笑顔を見せない太郎が、子供の頃はこんなにも明るい笑顔を見せていた――。

僕は口元を緩ませながら、隣でツンと澄まし顔をしている女の子に目を移す。可憐だった。そして視線が二人の後ろにいる両親に移った瞬間、息が止まった。いるはずのない者が、そこにいた。

母を死に追いやり、僕と父を苦しめた、一生許すことなど決してできない憎き男の顔がそこにあった。

母を殺した犯人、福真広都《ふくまひろと》の顔が。

全身に鳥肌が立ち、写真を持つ手が小刻みに震える。汗ばんでいく指先で写真を財布の中に押し込む。

全身の力が抜けていくのを感じながら、外で待っていた太郎に財布を返した。

太郎は仕事があるからと、その場を去り、僕は絶望を胸に抱えたまま家路を急いだ。

帰宅すると真っ先に、父の部屋に駆け込み、母の事件に関するファイルや、父が集めた資料が収められた箱を取り出した。

ファイルを開き、犯人の顔が写った新聞の切り抜きを凝視する。その顔は小さく、他人の空似であってほしいという思いから、今度はビデオカセットをセットする。

当時ニュースで母の事件を流していたが、父は決して幼い僕に見せようとはしなかった。

僕もまた、今日この日まで見たいとは一度も思わなかった。

だが、何年経っても憧れの存在である太郎と、初めて恋心を感じた可憐への思いが、僕を突き動かす。

映像が流れ、犯人の顔が現れた瞬間、僕の顔は歪んでいく。間違いではなかった。

福真広都は、太郎と可憐の父親だった。

事件現場を背に話すレポーターの声が虚しく響き渡る。

「光、帰ったのか」

いつの間にか僕の横にいた父は、僕の手からテレビのリモコンを取り上げると、ビデオを停止した。

「どうした。何かあったのか？」

腰掛けると、僕の前に開かれていたファイルを閉じた。父は真っ暗な画面を見つめ続ける僕の口が開くのを、ただじっと待ち続ける。

「今日、太郎くんの家族写真を見たんだ」

僕は、知りたくなかった衝撃の事実を父に話した。

「そうか……」

父は意外にも冷静だった。いや、平静を装っているだけなのかもしれない。

そして、僕にこう告げたのだ。

「太郎くんと可憐ちゃんに罪はない。まして、あの二人は当時まだ子供だった。何が起きたかも理解できないまま父親を失って、社会からは非難されて苦労したと思うよ。あの時、太郎くんは六歳だったんだな。だから、顔を隠して笑わなくなったのかもしれない。可憐ちゃんは小さくて覚えてないかもしれないが」

確かに父の言うとおりなのだ。分かってはいるが、知ってしまった以上なかったことにできないと、囁く自分もいる。

太郎は僕が被害者の息子だと知っているのだろうか？

そして近所に住んでいたのは、単なる偶然だったのか。

謎が謎を呼び、頭が破裂しそうになる。

そもそも、この十年、いつも誘うのは僕だった。太郎からは一度も誘われたことがない。

父が入院した日に食事に誘われたのも、考えてみれば、可憐が誘ってきたようなものだ。

いくら考えても答えが出ない問題に、思考力が鈍る。

この日から、僕は太郎との連絡を絶った。


太郎と会わなくなり、一ヶ月が経った頃、父が神妙な面持ちで帰宅した。

「光、ちょっといいか？　話があるんだ」

いつになく真剣な表情に、僕は不安を感じながら小さく頷く。

父に促され、仏間で向かい合って座る。

「コーヒーでも飲む？」

気まずさから声をかける。

「いや、いい」

父はそれだけ答えると、口を閉ざした。

暫く重い空気が流れる。

僕はジッと、真一文字に結んだ父の口が開くのを待った。

「光に頼みがあるんだ」

父が僕に頼み事をするのは初めてのことだった。

「頼みって？」

不安げに父を見つめ、答えを待つ。

また暫く沈黙が続き、時計の音だけが静寂をかき消す。時計の針が進むほど、息苦しくなる。

たまらず深呼吸すると、やっと父は重い口を開いた。

「愛梨の前世を視てくれないか」

それは、予想外の答えだった。

「僕が？　父さんが視ればいいじゃん」

「手を翳しても視えないんだ。一つの魂の前世を二度視ることはできないようだ。沙代子が生きてる時に視たんだ。俺と沙代子が前世でも結ばれていたのかを知りたくてさ。でも、視て後悔したよ」

「何があったの？」

初めて聞く父と母の前世――。父は、意を決したように呼吸を整えると、僕の目を力強く見つめた。

「俺と沙代子は太平洋戦争で引き離された。赤紙が届いて、俺は妻と子を残して日本を離れ異国の知らない島で戦死した」

「赤紙って、召集令状の？」

「ああ、実際は薄いピンク色だったよ。戦争中、物資が不足して染料を節約していたから地色が薄くなったらしい。それが届いて、結局俺は戦地に行って命を落とし、彼女は東京の空襲で命を落とした」

「そんな……」

涙が頬を伝う。その重さで頬がカアッと熱くなる。

「俺の遺骨が入っていない空の木箱を抱えたまま、防空壕で蒸し焼きになって……」

父の目からも涙が漏れだした。

僕は父の涙を、ただ見つめていることしかできなかった。

愛梨の誕生日、ふくちゃんの喫茶店〝キャンデー〟は貸し切りとなった。

ふくちゃんは、なぜか朝から子供のようにはしゃいでいた。まるで自分の誕生日のようだ。その姿に口元を緩ませながら、僕は昨夜、父が言っていたことを思いだしていた。

「愛梨は子供の頃から、誰かに襲われる夢に苦しんでるんだ。沙代子が殺された日の夢じゃないかと思う。光に思い出させたくないから、本当は俺が視たいが、何度試しても視ることができなかった。でも、どうしてもあの日の真実を、沙代子がなぜ殺されなければいけなかったのかを知りたい」と。

僕も同じ思いだ。成長とともに事件に対しての疑問は増すばかりだった。

子供の頃は漠然と、何も悪いことなどしていない僕たち家族がなぜ世間から非難されなければいけないのか分からなかった。

父一筋だった母がなぜ不倫の代償に殺されたという、汚名を着せられなければいけなかったのか。

考えれば考えるほど、理解できないことばかりだ。正直、母が襲われているところなど視たくはない。

でも、視なければ一生真実は分からないままだ。頭の中で何度も考えを巡らせた。

「愛梨ちゃん、いらっしゃい。さっ、座って、座って」

父と羽田愛梨が、ふくちゃんの用意した上座に仲睦まじく二人並んで座る。まるで雛人形のようだ、と僕は笑った。

なにより父が眩しそうに愛梨を見つめる姿は、完全に恋する男の顔だ。

二十二年前のあの日も、彩雲を見る母の横顔を父は同じ表情で見つめていた。ただ一つ、違うことと言えば、愛梨は二十歳にして既に大人の貫禄を見せていたことだ。

出された料理を一心不乱に大きな口で頬張る姿は、僕の記憶にある母とは違っていた。

前世と現世では顔も性格も違って当然といえば当然なのだが、経験上必ずどこかに共通点があるのも確かだ。

それは、これから付き合っていくうちに見えてくるのだろう。

「光くん、食べないの？」

いつの間にか愛梨が、目の前で唐揚げをのせた皿を差し出していた。

「ありがとう、ございます」

母の生まれ変わりだと思うと、七つ年下の愛梨に対しての挨拶もぎこちなくなる。

僕が皿を受け取ると、愛梨はマヨネーズの入った小皿を目の前に置いた。

「マヨネーズを付けると美味しぃよ」

この時見せた愛梨の笑顔が、二十二年前の母の笑顔と重なった。こんな些細なことで、母に再会できたような懐かしさがこみ上げてくる。

父と母と、ふくちゃんと家族四人で食卓を囲んでいた時の空気が、確かにここに流れていた。

チリンチリンと呼び鈴が鳴り、入り口の扉が開いた。なっちゃんだった。

「なっちゃん、遅かったわね。待ってたのよ」

ふくちゃんは、自分の隣になっちゃんを座らせた。

「初めまして、羽田愛梨です」

愛梨が立ち上がり、なっちゃんに挨拶をする。

「あ、はい、奈津です」

なっちゃんは俯いたまま、口元をやんわりと上げた。

「どうしたの？　元気ないわね」

ふくちゃんが心配そうに顔を覗き込んだ。

「いえ、大丈夫です。せっかくだから写真、撮りましょうか？」

なっちゃんの提案で、父と愛梨の後ろに、ふくちゃんと僕が立ち、四人の家族写真を撮影する。

なっちゃんはスマホの画像を確認すると、満足げに大きく頷いた。

「いい写真が撮れました。現像したら持ってきますね。じゃ、わたしは用事があるのでこれで帰ります」

そう言って、なっちゃんはカバンを肩にかけた。

「まだ何も食べてないじゃないの」

ふくちゃんが止めるのも聞かずに、なっちゃんは足早に店を出ていった。

「もしかして、デートとか」

愛梨が閃いたように目を輝かせると、ふくちゃんは、「恋人ができたなら、いいことだけど」と小首をかしげた。

「あいつも四十七だし、いてもおかしくないだろ。ずっと光の世話をさせて、店も手伝ってくれたんだ。幸せになってもらわないと」

父がしみじみ言う。

確かになっちゃんは、母が他界してからずっと僕の面倒をみてくれた。仕事も辞めてふくちゃんの店を手伝い、ふくちゃんが旅行でいない時は、家の中のことまで完璧にこなしていた。生前の母のように。

一時は父と再婚してもいいのではと思うほど、僕はなっちゃんに懐いていた。漠然とだが、なっちゃんは父を好きなのではないかと思うこともあった。

しかし、小学生の愛梨を見つけ、父がストーカー紛いのことをしていると知ってからは、そんな思いも消え去っていた。

「光、大丈夫か？」

ベッドで熟睡している愛梨を前に、父が僕の顔を覗き込んだ。

「うん、大丈夫」

僕は、しっかりと頷いた。

正直、今日まで迷っていたことは確かだ。

太郎の父が犯人だと知り、太郎との連絡を絶ったが、母の最後を視ることで、太郎との縁が完全に切れてしまうことに恐怖を感じていた。

でも今日、愛梨に母の面影を見つけ、改めて決意したのだ。永遠を誓い、母を待ち続けた父のため、毎夜前世の夢にうなされる愛梨のため、そして何より無念の死を遂げた母のためにも真実を知る必要があるのだと。

寝息を立てる愛梨の頭上に手を翳すと、僕はゆっくりと目を閉じた。最初に見えたのは、大きなバースデーケーキだった。

真ん中にあるチョコのプレートには、はっきりと〝光くん、お誕生日おめでとう〟の文字が確認できる。それを視ただけで、目の裏側がじんわり熱くなる。

母はケーキが入った袋を受け取り、店を出た。線路沿いに、家路を急ぐ母の姿が浮かぶ。

あたりは真っ暗で、人の気配はない。家まであと五分程度の場所で、母が突然立ち止まる。

誰かに声を掛けられたのか、振り向く。

その瞬間、母の頭に銀色に光るパイプが振り下ろされる。

僕は反射的に、そのパイプを避けるしぐさをしながら、愛梨の頭上から離れそうになる手を必死に押さえる。

男がもう一度パイプを振り落とそうとした時、男の顔がちらりと見える。不確かではあるが、見覚えがあるような気がした。

目をきつく閉じ、神経を男の顔に集中させる。すると、母の後方から、もう一人男が現れ犯人の前に立ちはだかる。

母を守る男の顔が、はっきりと脳裏に浮かびあがった。その瞬間、心臓が激しく鼓動する。

自ら体を張って母を守っていたのは、当時高校生だった更井和磨ではなかった。

二十二年もの間、憎み続けてきた福真広都の顔が、そこにあった。驚きとともに、目には見えない恐怖が押し寄せてくる。

真犯人と戦う福真広都の勇敢な姿が、母の目から映し出される。

だが、福真広都の顔が歪むと同時に、彼の腹に突き刺さった鋭いナイフの刃が視えた。

ごくりと飲み込んだ唾が熱い喉元を通る。

福真広都は、その場に倒れ伏した。

犯人が持つパイプが、頭に傷を負い意識を失いそうな母に、またしても振り下ろされる。

目を背けたい衝動に駆られたが、愛梨の頭上に手を翳している限り、それは叶わない。僕は苦痛に耐えながら、真犯人の一挙手一投足に全神経を集中させた。

非情にも犯人の振り上げたパイプは、母の頭を直撃した。

直撃の寸前に、母は確かに犯人の顔を見ていた。母の目と僕の目がシンクロする。

視線の先に、はっきりと映し出されたのは、返り血を浴びた更井和磨の顔だった。

僕の全身の血管が脈打つ。

そして、視界は徐々にぼやけ、やがて視えなくなった。

僕は一気に全身の力が抜け、その場で倒れ意識をなくした。


スマホの画面を眺めて、一時間が経とうとしている。今すぐ、真犯人が太郎の父親ではなかったことを打ち明けなければいけない。

しかし、警察でも突き止められなかった真実を、二十年以上も経った今、なぜ知りえたのかを問われれば、僕の持つ能力についても告白せざるをえない。

現実的に考えれば、ありえないことだ。

太郎に限らず、頭に手を翳すだけで人の前世が視えるなど、誰が信じるだろう。

だが、太郎に限っては、父親が犯人ではないと伝えれば、信じる可能性もなくはない。

汚名を着せられた父親の無実を証明するためなら、犯人を捕まえようとするはずだ。

ここで僕の思考が、「待てよ」と一時停止する。太郎は自分の父親が犯人であるということを、僕に知られているとは思っていない。

連絡を絶ってはいるが、これまでも互いに忙しい時は一ヶ月連絡しなかったことがあったではないか。

頭を掻きむしり悶々としていると、ふくちゃんが部屋に入ってきた。

「何してるの？　電気もつけないで」

「いや、何も」

素っ気なく答えると、ふくちゃんは真っ暗な部屋に明かりをつけた。

「太郎ちゃんを呼んだから、お夕飯を一緒に食べましょ。妹さんも来るから今日は賑やかね」

ふくちゃんが満足げに微笑む。

すっかり忘れていた。僕が連絡しなくても、太郎を気に入っているふくちゃんが、これまでも勝手に呼んでいたことを。

「夕飯って、何時に来るの？」

「六時よ。あと四十分しかないから、急がなくちゃ」

それだけ言い残し、ふくちゃんは腕まくりをしながら部屋を出ていった。

時計を見ると、五時二十分だ。

太郎は約束の時間の五分前には来る。しかも、今日は可憐も一緒だ。

僕は慌てて洗面所へ向かう。一日中、考え事をしていたので顔も洗っていない。

髭を剃り、髪を整え、角度を変えながら鏡を見る。鏡に映る自分の顔に笑みが浮かぶ。

可憐に会えると思うと、胸が高鳴った。先ほどまで頭を抱え悩んでいたのが嘘のように、晴れやかな顔をしているではないか。

そうだ。今日、無理して話す必要はない。

可憐もいることだし、頭を整理して日を改めてゆっくり話そう。

そう決めたことで、少し気持ちが楽になった。

階下に下りるとチャイムが鳴り、ふくちゃんが玄関のドアを開けていた。一ヶ月会わない間に、太郎の前髪は目の下から鼻先まで伸びていた。

可憐はポニーテールが相変わらず可愛くて、僕の口元がつい綻《ほころ》ぶ。

「いらっしゃい。どうぞ、上がってちょうだい」

ふくちゃんは二人を招き入れた。

太郎は相変わらず小さく頷くだけで、挨拶もしないで中に入る。

可憐が玄関先で、「おじゃまします」と明るく答え顔を上げた時、僕たちは目が合った。

照れくさくなり、視線を逸らそうとしたが、まっすぐ僕を見つめる彼女の大きな瞳に吸い込まれ、全身が固まってしまう。

「これケーキなんですけど、よかったら皆さんで召し上がってください」

固まっている僕に、可憐がケーキの箱を差し出す。

動かなかった手が、彼女の手から箱を受け取ろうと、ゆっくりと近づいていく。

指先が彼女の手に触れた瞬間、ぴりぴりと微弱な電流が走った。

でも、それは静電気のような嫌な感じではなく、指先をくすぐるような不思議な感覚だ。

彼女は何も感じていないのか、箱を渡し終えると、中へと入っていった。

食事中は、僕の予想どおりの展開となった。

初めてふくちゃんと食事する客は、必ず質問攻めに遭うのだ。

「それで可憐ちゃん、お仕事は何をしてるの？」

「はい、あの、クリーンクルーです」

可憐が答えると、ふくちゃんは驚いたように、「クリーンクルーって、掃除？」

と、目を丸くした。

僕も可憐の意外な職業に驚きを隠せなかった。どちらかといえば可憐は、愛嬌を振りまく笑顔のかわいい、ショップスタッフのイメージが強かったからだ。

しかし彼女は、臆することなく、にこにこしている。

「はい、日本に来る前に母が見つけてくれたんです。掃除の仕事なら、コロナでもなくなったりしないからって」

「まあ、お母さんが？　確かにそうね。コロナのせいで潰れてるお店も多いし、お掃除の仕事ならたくさんあるものね。でも若いのに、お掃除の仕事って大変でしょ？」

ふくちゃんが心配そうな表情を浮かべる。

「確かに最初は大変でした。トイレの担当だったので、ゴム手袋をはめていても、直接便器の中に手を入れて洗うなんて、家でもやったことなかったから。仕事中に心ないことを言われたりもしますけど、それにも慣れて、精神的に強くなれたと思ってます。今は慣れて、職場の人たちもみんな仲がいいし、お互いに困ったことがあれば駆けつけて助け合って、とても充実してます」

彼女は、満足げに笑みを浮かべた。

「それなら良かったわ。職場の環境がいいなら安心ね。それに、どんなに辛い仕事でも人間関係が良ければ、乗り越えられるものだと思うし、頑張ってね」

ふくちゃんはそう言うと、コーヒーのおかわりを二人のカップに注いだ。

「ただいま。あれ？　太郎くんも来てたのか。また前髪伸びたな」

相変わらず威勢よく入って来た父は、いきなり太郎の顔を覗き込んだ。

「ああ、はい」

太郎はいつものように、ぶっきらぼうな返事をする。

「あれ、こっちのかわいい子は、太郎くんの彼女？」

「いえ、妹です」

太郎が答えると「初めまして、妹の可憐です」と、可憐は椅子から立ち上がり、太郎とは正反対の明るい笑顔を見せた。

「こちらこそ、初めまして」

拍子抜けしたような面持ちで、父も可憐に笑顔を向ける。

「そうか、太郎くんの妹か」

父は何か言いたげな表情を浮かべたが、すぐにいつもの調子に戻り、「ふくちゃん、俺にもご飯」と言って席に着いた。

「もう少し早く帰ってきてくれたら、みんなと一緒に食事できたのに」

ふくちゃんは、ぶつぶつ言いながら、ご飯と味噌汁を器に盛って、父の前に置いた。

「今日は、ふくちゃん手製のハンバーグか。美味しそうだな。いただきます」

父が勢いよく口に入れる横で、「何言ってんの。商店街のお肉屋さんのハンバーグよ。いつも食べてるじゃない。調子いいんだから」と、ふくちゃんは呆れている。

「ぷっ」と可憐が吹き出し、クスクス笑う。

僕もその笑顔につられて笑ってしまう。

「いつも、こんな感じなんだ」

「ごめんなさい。楽しくてつい」

そう言いながら口に手を当てる。

「楽しんでくれて嬉しいよ。今日は二人ともゆっくりしていけるだろう。実は太郎くんに話があるんだ」

父は、あっという間に空になった茶碗を置くと、太郎を仏間に通した。

可憐はふくちゃんの手伝いをしている。

父が太郎に何を話そうとしているのか見当はついた。もう少し頭を整理してから話したかったが、父を止めることはできない。

覚悟を決めて、僕も仏間に入った。

二人は無言のまま向かい合って座っていた。気まずい雰囲気の中、僕は父の隣に腰を下ろした。

暫く沈黙が続く。

普段は冷静な太郎も、何かいつもと違う空気が流れていることは感じているようで、俯いたままの顔が、右に左に落ち着かない様子だ。

「太郎くん、聞きたいことがあるんだ」

最初に口を開いたのは父だった。

太郎は顔を上げ、コクンと頷いた。

「もしかして君の、太郎くんのお父さんは、福真広都さん、じゃないか?」

父は太郎を気遣うように、ゆっくりと優しく囁いた。

太郎は、ハッとして顔を上げたかと思うと、小さく頷き、肩を落とした。

「太郎、ごめん。ジムで財布を拾った時に、中に入ってた写真を見てしまったんだ」

僕は、咄嗟に謝っていた。放心した状態の太郎を見ていられなかった。

父も同じ気持ちだったのだろう。

「太郎くんを責めようと思って聞いたわけじゃないんだ。実は、君に話しておきたいことがあったんだ。君のお父さん、福真広都さんは、犯人ではなかったことを、伝えたかった」

父は太郎を真っ直ぐ見つめ続ける。目が前髪で覆われているので、太郎の表情が分からない。

「犯人じゃない……」

そう呟き、太郎がゆっくりと顔を上げる。

「そうだ、君のお父さんは、犯人ではない」

父がもう一度、はっきりと断言する。

「どうして、じゃあ、犯人は」

太郎の声が上擦《うわず》る。同時に、閉じられていた襖の後ろから、ガシャンと大きな音がした。

慌てて立ち上がり、襖を開けると、割れた食器をトレーにのせた可憐が、うずくまっていた。床にはコーヒーの水たまりができている。

「怪我するよ。僕がやるから、ふくちゃんに聞いて布巾、持ってきてくれる？」

可憐は頷くと、キッチンへ駆けて行った。

「この際、可憐ちゃんにも話しておこう」

父の一言で、可憐も加わり話し合うことになった。

「可憐も、もう大人なので構わないです」

太郎も了承した。可憐もまた、どうしても真実を知りたいと切実に訴えた。

太郎と可憐を前に、父と僕は自分たちが持つ能力を、できる限り詳細に話した。

「それで、犯人が父ではないと分かったんですか？」

可憐は大きな目をさらに大きく見開き、身を乗り出した。

太郎は自分を落ち着かせているのか、片手を胸に当てながら、じっと僕たちの話を聞いていた。

可憐の問いに、「ああ、母の目線ではっきりと。体を張って母を守っている福真さんと、二人の命を奪った犯人の顔を視たんだ」僕はそう言って、目を伏せた。

「そんな……」

可憐の顔が歪み、むせび泣く声だけが部屋中に響き渡る。太郎が可憐の肩を抱き、俯いたまま嗚咽する。

父親が無実だと知った今、二人は二十二年分の涙を流しているのだ。

僕と父は、肩を震わせうなだれる二人を見ていることしかできなかった。


太郎と可憐は、僕が持つ能力を信じた。

父親の無実を信じていた気持ちがそうさせたのかもしれない。一晩泣き明かした二人は、翌日休みだったこともあり、そのまま僕の家に泊まった。

僕と父、太郎、そして目を真っ赤に腫らした可憐は、仏間で今後について話し合った。

「やはり、もう警察の手を借りるのは無理らしい」

父はテーブルの上で手を組み、僕らを見回す。

「犯人を捕まえるためなら、何でもします」

太郎が顔を上げ、父を真正面から見つめる。

彼が人を真正面から見つめることなど、これまでなかった。

「わたしも、何でもします」

可憐も真剣な表情で、父を見据えた。

僕もたまらず父の横顔に、「犯人は分かってるんだ。証拠さえ掴めば警察も動くでしょ。春くんもいるし、僕たちであいつを捕まえよう」と訴えた。

組んだ手を見つめ続けていた父が、意を決したように顔を上げた。

「危険は伴うかもしれないが、今捕まえなければ一生あいつを野放しにすることになる」

父に答えるように、僕らも大きく頷いた。

そうと決まれば、誰一人落ち着いてなどいられなかった。

父は春くんに、協力を頼んでくると言って出かけた。

残された僕らは、更井和磨について調べることにした。

初めて家に来た日、彼はまだ十八歳だった。

あれから二十二年、毎月一度、ふくちゃんの店に来ては食事して帰る。彼は父や僕と顔を合わせても挨拶程度だが、ふくちゃんにはなぜか心を許し、仕事上の悩みなども話しているようだった。

ふくちゃんと話している時の更井の屈託のない表情を見ると、〝懐いている〟という言葉のほうが合っているかもしれない。

更井のことを知るには、ふくちゃんに聞くしかない。僕らは一階の店に下りた。

ちょうどモーニングタイムが終わり、ふくちゃんが一人で片付けをしていた。

「手伝います」

可憐が駆け寄ると、「ここを拭いたら終わりだから大丈夫よ」と、ふくちゃんは答え、厨房へ入るとアイスコーヒーの入ったグラスを四人分持ってきた。

「さ、ここに座って、何か話があるんでしょ」

ふくちゃんに促され、僕らは席に着いた。

「話があるってなんで分かったの?」

僕が聞くとふくちゃんは、珍しく神妙な面持ちで口を開いた。

「達彦に全部聞いたわ。昨日は夜遅くまで四人で話し込んでたし、今朝も仏間にこもって、何かあると思ったから聞いたの。わたしに隠し事なんて百万年早いわよ」

「ふくちゃんが聞いたら、ショックで倒れるんじゃないかと思ったんだよ」

更井をかわいがっていたふくちゃんが、ショックを受けないわけはない。

「そうね、確かに驚いて心臓が止まりそうだったけど、あの子には何か人には言えない秘密があるんじゃないかって、ずっと気になっていたの。でも、まさか犯人だったとは……。今だに信じられないわ」

ふくちゃんは首を振り、大きな吐息を吐いた。

「それじゃ、僕たちがふくちゃんに聞きたいこと、分かってるよね」

「更井くんのことでしょ。あの子、仕事の悩みは打ち明けてくれるけど、家族のことを聞いても答えたくないのか話を逸らすのよ。彼女がいるか聞いたら、いないって言ってたけど、考えてみたら私もそんなに知らないの」

もう一度、ふくちゃんはため息をもらした。

「じゃあ、更井の住所は知ってる？」

ふくちゃんは首をかしげ暫く考えて、「住所は分からないけど、あの子が住むアパートの近くで会ったことがあるわよ」と、思い出したように手を叩いた。

「どこですか？」

それまで口を閉ざしていた太郎が、はっきりとした口調で声をあげ、ふくちゃんに顔を向ける。

「ここから遠くないわよ。駅の反対側に新しくスーパーができたでしょ。いつも行ってる鈴木青果さんが休みだったから、そのスーパーに行ったら偶然、会ったのよ。帰りに駐輪場から、あの子がスーパーの裏手にあるアパートに入っていくのが見えたの」

「スーパーの裏か」

僕が呟くと、「わたし、今から行ってみる」と可憐が立ち上がった。

「ちょっと待て」

太郎が可憐の腕を掴む。

「ちゃんと計画を立ててから動いたほうがいい」

「僕もそう思うよ。もし今、へたに動いて気づかれたら逃げられるかもしれない。そうなったら捕まえるのも、もっと困難になる。太郎くんの言うとおり、計画を練ってから動こう」

僕が太郎の意見に賛同すると、可憐は首を縦に振り、腰を下ろした。

それを見ていたふくちゃんも、「わたしも協力するわ。今でも信じられないけど、あの子に、ちゃんと罪を償ってほしいもの」と、目に溜まった涙を拭う。

僕たちは綿密に計画を立てた。まずは、更井和磨の日常を探らなければいけない。

僕が尾行すればバレるのは目に見えている。

面識がないのは可憐だが、一人では心許ない。

「太郎ちゃんが前髪切ったら分からないんじゃない？」

このふくちゃんの一言で、太郎は長年見せてこなかった顔出しをすることとなった。

本人は気が進まないようだったが、有無を言わせず、ふくちゃんは彼の前髪にハサミを入れた。父と僕の髪を切っていたから自信はあると言うが、それは僕たちが子供の頃の話で、不安が一瞬頭をよぎる。

ふくちゃんが自信満々に切り揃えた太郎の前髪は、まるでおとぎ話の金太郎のように真一文字だった。

僕は噴き出した程度だが、可憐は容赦なく涙を流すほど大笑いしている。

ふくちゃんも面目ないといった表情で可憐にハサミを渡したが、これが大きな間違いだった。

ハサミを受け取った可憐は、ここぞとばかりに、「ずっと、お兄ちゃんの目を見たかったのよ」と、ザクザクと音がしそうな勢いで前髪を切り落としていく。

これには太郎も黙っていられなかったのか、可憐の腕を掴んで止めた。

「可憐ちゃん、僕がやるよ」

僕は可憐の手からハサミを奪い取り、不揃いの前髪から全体にわたって丁寧にカットした。

ついでにつながっていた眉毛も剃り、整える。

「あら、素敵じゃない。太郎ちゃん、イケメンよ。どうして今まで隠してきたの」

ふくちゃんが、露わになった太郎の顔に惚れ惚れしている。

確かに太郎は整った顔立ちで、鼻筋が高く、隠していた切れ長の目は、吸い込まれそうなほど魅力的だった。

「いや、人に見られるの苦手だったから」

太郎が、すっかり短くなった前髪を触りながら、照れくさそうに言う。

「これなら、あいつも太郎に気づかないな」

僕が満足げに言うと、ふくちゃんと可憐も大きく頷いた。

こうして、太郎と可憐は更井の行動を監視し、僕は春くんや二人から得た情報を基に彼を探ることにした。ふくちゃんは、彼が店に顔を出したら、父や僕に連絡をくれることになった。

僕たちは、この日から一つの目的を達成するため、一丸となって動きだした。


太郎と可憐が更井の尾行を始めて一週間が経った頃、太郎から連絡がきた。週末の夜、僕たちはキャンデーに集合した。

今回は父と春くんも加わった。

「実は、愛梨が会社帰りに誰かに尾行されているようなんだ。光も知ってのとおり、愛梨は勘が鋭いだろう。勘違いだとは思えないんだ」

席に着いた途端、父が神妙な面持ちで口を開き皆を見回した。

「うん、知ってる。愛梨さんは子供の頃から、確かに勘が鋭い」

僕が頷き返すと、可憐がすかさずスマホをテーブルの真ん中に出して見せた。

「もしかして愛梨さんて、この女性ですか？」

皆がスマホの画面を覗き込む。

「愛梨だ。この写真、どうしたんだ？」

父が驚きながら、スマホを手前に引き寄せる。

「実は、尾行を始めてすぐに、更井がこの女性の後を付けていることに気がついたんです」

そう言いながら、可憐は太郎に視線を移す。

「俺も別の日に確認しました。愛梨さんの会社近くで待ち伏せして、家に着くまで後を付けてました。間違いないです」

太郎が断言すると、父はテーブルを叩き、怒りを露わにした。

「今度は愛梨まで……なぜなんだ。なぜ、沙代子だけでなく愛梨まで狙うんだ」

理由が分からず皆、一様に思考を巡らせているようだ。

「必ず犯行の動機があるはずだ」

春くんが眉間に皺を寄せると、可憐が思いついたようにスマホを手に取り操作した。

「そういえば、もう一枚見てほしい写真があります」

そう言いながら、もう一度スマホをテーブルの中央に置く。

それは、更井と帽子を目深にかぶり、マスクを着けた女性の姿だった。帽子と大きなマスクと長い髪が、女性の顔を覆い隠している。

違う角度から撮った写真を数枚見せられたが、どの写真を見ても女の顔は全く分からなかった。

「顔を見られたくない理由がありそうだな。何か臭《にお》うな」

春くんが、ぽつりと呟いた。

「ああ、しかもこの封筒の中身が気になるな」

父が三枚目の写真を指で大きく広げ指さす。

「もしかして、この女がやらせてるんじゃない？　封筒の中身はお金で」

ふくちゃんが眉を顰《しか》める。

「この女も調べる必要があるな。時間はかかるかもしれないが、また接触する可能性がある。本当は俺たち警察が動くのが一番手っ取り早いんだが、ストーカーの被害届を出しても、現状では事件性がないと判断されるだろう」と、春くんが悔しそうに言った。

そんな春くんを、太郎が真っ直ぐに見据える。

「二十二年、僕たちは犯罪者の家族と非難され、息を潜めるように生きてきました。どんなに時間がかかっても、絶対に諦めません」

今まで隠してきた太郎の目に希望の光が浮かんで見えた。

「わたしも諦めません。わたしたちから父を奪った犯人をこのまま野放しにすることなんてできません。必ず罪を償わせたい。絶対に許しません」

可憐も、普段は決して見せることのない険しい目つきで怒りを露わにした。

「俺の携帯番号を教えるから、何かあればすぐに連絡してくれ。俺も捜査資料を見直してみるよ」

春くんは太郎と可憐に、携帯番号を伝えると帰っていった。

「なぜ更井が愛梨を付け回しているのかは分からないが、狙われていることは確かだ」と、父が頭を抱える。

「そうはさせない。母さんを守れなかった分、愛梨さんは必ず守らなくちゃ」

僕は拳をぎゅっと握りしめた。

幼かったとはいえ、母との突然の別れは、今でも心の奥底に深い傷として残っている。

太郎と可憐にしても、父親を亡くした時の悲しみは計り知れない。

皆が、それぞれの思いに浸っていた時、玄関のチャイムが鳴った。

「誰かしら」

ふくちゃんが、膝を押さえながら立ち上がり玄関へ向かう。

「ささ、入って」

ほどなくして、ふくちゃんが戻ってくると、その後ろには愛梨がいた。

「愛梨、どうしたんだ？」

父が驚きながらも、隣に座るよう促す。

僕は愛梨が座るスペースを開けるため、横にずれながら、「何か、あったんですか？」と、思わず訊いていた。

愛梨はふくよかな頬にえくぼを作った。

「何もないよ。ただ急にここに来たくなったの」

愛梨はそう答えながら、太郎や可憐と軽く挨拶を交わし、仏壇の前で正座した。

持参したケーキの箱を横に置き、線香に火をつける。

煙の上がる線香を立てると、手を合わせ、母の写真に頭を下げる。その後ろ姿が母と重なり、僕は何度も瞬きを繰り返した。

愛梨は焼香を済ませると、父と僕の間に腰を下ろした。

「わざわざ、お土産まで、ありがとうね」

ふくちゃんは愛梨にお礼を言うと、ケーキの箱を手に取った。

「ふくちゃん、それお供え物だから、そこに置いておかないと」

父が慌てて制すると、ふくちゃんは何を思ったのか、「お供え物って言ったって、お供えされた本人がそこにいるんだから、いいじゃない。みんなでいただきましょ」

と、あっけらかんとしている。

その場にいる皆が唖然とする。

ふくちゃんが人とは違う感覚の持ち主であることを、すっかり忘れていた。決して悪気はないのだ。

しかし、もっと驚いたのは、「そうですね。皆さんに食べてほしくて買ってきたんです。食べましょう」と愛梨が、にこやかに返した言葉だった。

愛梨に話したのかと父に目配せすると、父は首を横に振った。

それを見た愛梨は、「前に達彦さんと多木江さんの話を聞いてしまったの。それにもともと、母が前世の生まれ変わりとか信じている人で、子供の時から私が見てた夢のことも、前世の体験じゃないかって言われてきたから、驚くこともなかった。達彦さんに沙代子さんの話を聞いて、共通する部分も多かったし、達彦さんと光くんが子供の私に会いに来た時も、訳もなく親しみを感じて、前世で関係があった人たちじゃないかって後で思ったの」と言って、フフッと悪戯《いたずら》がバレた子供のように笑った。

「もしかして、寝てる間に僕が愛梨さんの前世を視たことも、気づいてた？」

僕は恐る恐る聞いた。

「うん、知ってた。寝てる時は分からなかったけど、起きたら二人の会話が聞こえてきたし、何よりあれから襲われる夢を見なくなったもの」

愛梨は、ふくちゃんが皿にのせてきたケーキを頬張りながら、世間話をするかのようなノリで話した。

不思議だ。

顔も体型も、母とは似ても似つかないのに、なにげない仕草や話している姿を見ていると、母が重なって見える。

母の魂が、「お母さんはここよ」と訴えているような気がする。

「光くんも食べて」

愛梨が、僕の前にケーキののった皿を差し出した。僕の好きな大きなイチゴがのったショートケーキだった。

「僕の好きなケーキ、父さんに聞いたの？」

僕が聞くと、「俺は教えてないぞ」と父が横から否定する。

「何となく、好きな気がしただけ」

愛梨がきょとんとした顔で答える。

「凄いわ。やっぱり沙代ちゃんの記憶が残ってるのね」

ふくちゃんが目を丸くして手を叩いた。

「自分でも不思議なんですけど、ここに来ると心が解放されるというか、こうして、ああしてって頭に指令を受けてるみたいな。上手く説明できないんですけど」

今度は真剣な表情で、愛梨は話を続けた。

「わたしも協力します。多分、夢で見続けた知らない男が、犯人だと思うんです」

それを聞いた太郎が、「可憐、さっきの写真を出して」と言うと、可憐がスマホを取りだし、更井の写真を愛梨に見せた。

愛梨がスマホの中の更井を見つめる。

皆が固唾を呑んで見守っていると、愛梨が突然、うめき声をあげ口を押さえながら立ち上がり駆けだした。

父が心配そうに後を追いかけていった。

「できちゃったわけじゃないわよね」

ふくちゃんが小声で言いながら皆を見回す。

「まさか、違うよ」

僕は複雑な気持ちで苦笑した。

「でも、そうだったら、おめでたいことですよ」

可憐の表情が明るくなる。

「おめでたいって、何の話？」

父が戻り首をかしげる。

「だから、さっきの愛梨ちゃんを見て、おめでたじゃないかしらって、みんなで話してたの」

後から入ってきた愛梨を見て、ふくちゃんと可憐が笑顔を向ける。

「そんなわけないだろ」

父が慌てて否定する。

「そうですよ。わたしたち、まだ手をつないだことしかありません」

愛梨の言葉に、みんな肩の力が抜ける。

「あら、そうなの。なんだ、わたしはてっきり」

ふくちゃんが、がっかりすると父は顔を赤らめた。

「もう、いいだろ。それより愛梨の話を聞こう」

父は愛梨を支えながら座らせ、自分も元の位置に腰を下ろした。

「大丈夫ですか？」

可憐が気遣うと愛梨は頷き、口を開いた。

「間違いありません。夢の中でわたしを襲っていたのは、この男です。実在していると思ったら、急に吐き気がして」

息苦しそうに胸元を押さえる。

「もっと前の前世で因縁めいたことがあって、生まれ変わっても襲ってくるんじゃないかしら。ほら、前に光が話してくれた聖徳太子のお話よ」

ふくちゃんが眉を顰める。

「聖徳太子のお話って？」

可憐が興味津々といった表情を浮かべる。

僕は前世について調べていた時に、たまたま手にした本に書かれていた、聖徳太子の伝説を話すことにした。

「前世について調べていた時、聖徳太子の伝説っていうのがあってさ。ある日、聖徳太子の家来の飼犬が鹿のすねに噛みつき、それを見た聖徳太子が傷の手当てをして鹿を救い逃がしたんだ。だけど数日後、またもやその犬が鹿を襲い、鹿は結局殺されてしまった。その後、聖徳太子は鹿と犬の前世の宿業を夢で見るようになったんだけど、前世の鹿は正妻、犬は側室で、正妻が側室の子の足を折ったという宿縁があったんだ。聖徳太子は、前世の宿業を絶つため、鹿の冥福を祈って墓を作り、やがて亡くなった犬の墓も鹿の墓の隣に作ったという伝説」

「繰り返される宿縁か。ありえなくはないな。だとしたら今回こそ、その因縁を断ち切らなくてはいけない」

父がそう言い、僕を見たので大きく頷いた。

聖徳太子が供養し、犬の恨みも消え因縁も消え去ったのなら、僕たちが力を合わせれば、更井と母の因縁も消滅できるかもしれない。

「やっぱり、わたしも協力したい。そもそも狙われているのは、わたしだもの。もし殺されて、生まれ変わったとしても、また狙われるなんて嫌だもの。犯人を捕まえるために、わたしにできることがあれば何だってする」

突然、力が湧いてきたのか、愛梨が腕まくりをしながら言った。

「そうよ、みんなで力を合わせれば、きっと捕まえられる。そうでしょ?」

可憐も賛同し、太郎に同意を求めた。

「絶対、捕まえる」

太郎も唇をぎゅっと結んだ。

父とふくちゃんも大きく頷き、僕を見る。

「よし、計画を立てよう」

僕はテーブルの中央に右手を差し出した。

その上に太郎の手が重なる。

可憐の手、愛梨の手、ふくちゃんの手、最後に父の手が重なり、皆の思いが一つになる。

「必ず、あいつを捕まえよう。そして罪をつぐなわせるんだ」

父が宣言すると、皆が目を合わせ大きく頷いた。


太郎と可憐が更井の尾行を始めて、三週間が経とうとしていた。

更井の日常の生活は、とても規則正しいものだった。朝八時に家を出て、夕方五時三十分には勤務先を出て、真っ直ぐ愛梨の勤める会社に向かう。

愛梨の会社は更井の会社から電車で二駅先なので、愛梨が仕事を終える夕方六時には余裕で間に合う。愛梨が会社を出ると、見失わない程度の距離を保ち、後を付ける。

そして、愛梨がマンションの入り口を入ったところを確認し、更井はコンビニで弁当を買いアパートに帰る。夜十一時には消灯する。

月曜から金曜の平日は、この繰り返しだ。

土日は、父が朝からぴったり張り付いているので、更井が愛梨のマンションに行くことはない。

更井の行動を、ふくちゃんがどこからか用意したホワイトボードに詳細に書き込んだ結果、更井の動きは一目で分かった。

状況が一変したのは、週末のことだった。

土曜の夜、太郎と可憐が突然、連絡もなく家にやってきた。夜の十一時のことだった。

「こんな時間にどうしたの？」

僕は玄関先で二人を招き入れた。

「ごめんなさい。どうしても直接見てもらいたいものがあって、話したいこともあって、太郎が行こうって」

可憐が申し訳なさそうに謝る。

「いや、僕は全然大丈夫だけど、二人は丸一日尾行して、疲れたでしょ」

二人をダイニングに案内してコーヒーを入れていると、可憐が待ちきれないのか、スマホをテーブルに置き手招きする。

僕は慌ててコーヒーカップを二人の前に差し出し、スマホの画面に視線を移した。

更井和磨と共犯の女と思われる二人の写真だった。前に見た写真よりも、二人の姿が大きくはっきり写っている。

「今日、またこの人と接触があって、連写してたくさん撮ったら、色々と見えて」

そう言いながら、画面をスライドさせ、止める。

「ほら、ここ見て」

可憐に言われ、さらに顔を近づけてみると、女の左腕にかすかな傷跡が見えた。

肘の下あたりから十センチほどのケロイドのような跡があった。

「なんだろう。やけどの跡のようだけど」

僕が首をかしげると、

「やけどの跡だ」

太郎が腕をアップにしてみせる。

「それとね、手がかりになるか分からないけど、これも見てほしいの」

可憐がまたスライドし、次の写真を見せる。

「屈んだ時に、ネックレスがシャツの外側に出たんだけど、チェーンに付いてるのが指輪で、どうも気になって」

「指輪？」

僕はネックレスの先端にぶら下がった指輪を凝視した。

「この指輪……」

目に入った瞬間、喉元が硬直したように言葉が出てこなかった。

「もしかして、見覚えがあるの？」

可憐が身を乗りだした時、父が部屋に入ってきた。

「光、起きてたのか。あれ、二人とも来てたのか。どうしたんだ？　こんな時間に」

言いながら僕の視線の先にあるスマホの写真を覗き込む。

「この指輪……」

僕と同じ反応だった。いや、父のほうがショックを受けていた。腰が抜け、その場に座り込んでしまう。

太郎が父の両脇を抱え、椅子に座らせる。

「達彦さんも、この指輪、見覚えがあるんですか？」

可憐が問いかけると、父は画像を食い入るように見つめた。

「この指輪は、沙代子の結婚指輪だ。事件の日から指輪がなくなって探していたんだ。警察から戻ってきた遺留品の中にもなかった。どうして、この女が着けてるんだ？」

「辛いかもしれませんが、もう一度見て確認してもらえますか？」

可憐も驚きを隠せない様子で、スマホの画面を広げてみせる。

「間違いない。結婚指輪は沙代子がデザインして、特別に作らせたんだ。ダイヤを埋め込んで両側に羽の彫りが入ってる。ここ、羽の浮き彫りが片側だけ見えてる」

父が指さした部分を見ると、確かに羽の浮き彫りが見てとれる。

「これって、母さんのデザインだから他にないってことだよね」

僕が念を押すように聞くと、父は大きく頷いた。

「共犯者で間違いないな」

太郎が呟くように言った。

「また封筒を渡してたけど、中身はお金だと思う。なんだか気になって、今日はこの人の後を付けてみたの。だけど、人混みの中に入ったら、一瞬だったのに見失ってしまって、ごめんなさい」

可憐は頭を下げた。

「いや、可憐ちゃんに危険なことをさせて、ごめんな。共犯者がいるって分かっただけでも、犯人逮捕に一歩前進だ。明日、多木江に会って協力してもらえないか頼んでみるよ。ありがとう」

父も可憐に頭を下げる。

「お金を渡してたとしたら、この女が更井に指示を出していたことになる。愛梨さんが襲われるのも時間の問題だな」

共犯者がいたことで、僕の計画も大きく変わることになる。

「来週の平日に実行するつもりかもしれない」

太郎がぼそっと口にした言葉で、僕たちの中に緊張という名の蜘蛛の糸が張り巡らされた。


太郎の予感は的中した。

その日、仕事を終え会社を出てきた更井は、普段提げている鞄ではなく、大きなリュックを背負っていた。

見張りに付いていた可憐はすぐに太郎に連絡を取り、二人は愛梨の会社付近で落ち合うことにした。

太郎から連絡を受けた僕も先回りし、愛梨がいつも立ち寄るコンビニの近くで待つことにした。

日の入りが早いので、夕方六時を回るとあたりは薄暗くなり、外灯のない場所は闇に包まれる。狙うとすれば、防犯カメラが設置されていない所だろう。

予め父と僕で調べたが、昔と違い防犯カメラの設置場所は増えていて、一般家庭の玄関先にも付いていたりする。ない場所を探すほうが難しいぐらいだ。

だが、一ヶ所だけ外灯や防犯カメラもなく、人目にもつかない場所があった。両側が高い塀に囲まれた細道で、距離にして五十メートルほどだが、犯行に及ぶには充分な距離だろう。

ちょうど人が一人隠れることのできる電信柱があったので、父はそこで待機となった。

愛梨には会社を出る前に連絡をし、コンビニにいる時間や暗い細道を通る時間を指定していた。

少しでも時間がずれれば、愛梨に危険が及ぶ可能性がある。

もし今日、犯行を実行する気なら、僕たちに失敗は許されない。

緊張から汗で濡れた手を拭いていると、コンビニの中に愛梨が入っていく様子が見えた。

更井も続けて入る。

「光くん、間に合って良かった」

奴を尾行していた可憐が声を掛けてきた。

「うん、たった今着いた。これ、一応持ってきた」

カンフー好きな父の、ぬんちゃくとロープをリュックから出して見せた。

「ぬんちゃくなんて使いこなせるの？」

可憐が口に手を当て笑う。

そんな仕草に見惚れていると、「出てきたぞ」と、太郎に肩を叩かれ我に返った。

太郎と可憐の後に続き、一番バレてはいけない僕は、帽子を目深にかぶり直した。

愛梨が細道に入ると、父から〝待機中〟というＬＩＮＥメッセージが送られてきた。

可憐の肩をつつき、合図を送る。太郎も振り返り、拳をぎゅっと握り締めた。戦闘開始の合図だった。

細道に入ってほどなくして、更井がリュックを背中から前に移動させた。後ろから見ても、もぞもぞしているのが分かる。

リュックから凶器を出しているに違いない。

中型のハンマーらしきものが、チラチラと見えた。

上から下まで黒づくめの太郎が、まるで忍者のように足音も立てずに近づいていく。

父が隠れている電信柱にあと一歩というところで、更井がハンマーを振り上げ走り出した。

「愛梨！」

父が叫び、愛梨に駆け寄って抱き寄せる。

更井は一瞬立ち止まったかと思うと、父目がけて突進した。

太郎が瞬時に更井に飛びかかり、ハンマーを取り上げ、後ろにいる可憐に放り投げた。

可憐は、ビニール手袋を着けた手でハンマーを取り上げると、すかさずビニール袋に入れ、自分の鞄に押し込んだ。

そして、更井を羽交い締めにしている太郎のもとに行き、「光くん、ロープちょうだい」と叫んだ。

僕が慌ててロープを手渡すと、可憐は手際よく更井の両手両足を縛り付けた。

更井は観念したのかうなだれ、目は地面の一点だけを見つめていた。

僕はすかさず彼の頭上に手を翳した。前世での母との因果関係を知りたかった。

するると、真っ暗な闇の中に白い靄が浮き上がる。僕は白い靄に意識を集中させた。

一人の男の子が視える。前世の更井和磨だ。

カメラで写真をズームするように、少しずつ近づいてみる。僕の目が男の子の顔を捉えた時、息が止まった。

彼は、僕の前世で出会った〝へいちゃん〟だった。ふうねえちゃんを姉のように慕っていた、へいちゃん。

僕と会った時より、さらに痩せ細り、衰弱しているものの、間違いない。

へいちゃんがなぜ、現世で母を殺したのか。

体育座りをして一点を見つめている、へいちゃんの視線の先を辿る。そこには、へいちゃんの母親がアメリカ兵と一緒にいる姿があった。母親とアメリカ兵の幻影が、へいちゃんから遠ざかっていく。

そして二人の影が消えた時、「ふうねえちゃん……。腹が減ったよう」と、へいちゃんは弱々しい声で呟いた。この言葉を最後に、へいちゃんは息を引き取った。

更井の頭上に手を翳している僕の目から、涙が止めどなく流れ、僕は意識を失った。


「光くん、大丈夫？」

目が覚めると、真っ白な天井の下から可憐が僕の顔を覗き込んでいた。

「ああ、大丈夫。更井は？」

僕は体を起こした。

「光くんが倒れた後、多木江さんが来て、更井は逮捕されたわ。それより光くん、何も食べてなかったの？　倒れてここに運ばれたんだけど、栄養失調だって」

可憐に言われ、自分の腕につながれているのが点滴だと分かった。

確かに、ここ何日かは食事が喉を通らずコーヒーばかり飲んでいた。へいちゃんの最後を思い出し、なんて自分は恵まれているのだろうと痛感する。

この点滴も、贅沢なものに感じられる。

結局、ふうねえちゃんのもとから母親と去ったへいちゃんは、その後、母親に捨てられ餓死したのだ。

前世のこととはいえ、僕の胸は悔しさで張り裂けそうだった。

戦争が起こった時代に生まれていなければ、へいちゃんも、その幼い命を落とすことなどなかったのだ。

結局、母との因縁は分からなかったが、戦争さえなければ現世での生き方が変わっていたかもしれない。


可憐に付き添われ病院から帰宅すると、父と太郎が事情聴取を終え、ふくちゃんと一緒に食事をしていた。

「光、大丈夫か？　可憐ちゃんに連絡したら、病院を出るところだって聞いたから、行かなかったよ」

父が呑気にそう言って味噌汁をすすった。

「更井は？」

僕が聞くと今度は太郎が、「達彦さんが撮った証拠の映像もあるし、家宅捜索して何か証拠が出れば更井も証言するだろうって」と、口いっぱいにご飯を頬張りながら言った。

「なんだか、二人とも食欲旺盛だね」

苦笑すると、「そりゃそうさ、戦いを終えて次の戦いに備えないと」と父が手を止め、拳を作ってみせる。

太郎も軽く頷いてみせる。

ふくちゃんが僕と可憐の夕食も用意してくれたので食べていると、玄関のチャイムが鳴った。春くんだった。

「みんな、集まってるな。良かった」

春くんが席に着くと、暗黙の了解でふくちゃんが、ご飯と味噌汁を前に置いた。

それを見ながら父が話しかける。

「更井の様子はどうだ？」

「黙秘を続けていたが、奴の部屋からもう一台スマホが出てきて、女から指示を受けていたことが分かった。その女の写真もたくさん出てきたんだ。写真は署から持ち出せなかったが、みんなが知ってる人だったよ」

「えっ、みんな？」

可憐が驚き、声をあげる。

「あ、可憐ちゃんは会ったことないな」

春くんが確認するように父を見た。

「可憐ちゃん以外のみんなが知ってるってことは、もしかして」

父が困惑し、視線が宙を泳ぐ。

「太郎くんも知ってるってことは、まさか、なっちゃんじゃないよね？」

僕は、春くんに違うと言ってほしかった。

そんなことはない、と否定してほしかった。

だが、春くんから返ってきたのは、一番聞きたくない答えだった。

「どうやら、藤輪奈津が主犯のようだ。こんなに近くにいたなんて、俺も信じられないよ。刑事失格だな」

春くんがうなだれる姿を初めて見た僕は、この現実を受け入れなければいけないのだと思わされた。

なっちゃんは、母のたった一人の親友だった。姉妹のように思っているとも言った。

だから、母が亡くなり二十二年もの間、僕たちを本当の家族のように見守ってきてくれた。まだ信じられない気持ちのほうが勝っている。

父は既に放心状態だった。

「信じられない。まさか、なっちゃんが……。何かの間違いであってほしいけど、確かなのよね」

ふくちゃんが、今にも泣きだしそうな表情で春くんを見つめる。

そして、無言で生気なく頷く春くんを見て、皆一斉に肩を落としたのだった。

「多木江、悪いが奈津の事情聴取は任意だろう。一日待ってくれないか？　その前に確認したいことがあるんだ」

我に返った父は、何かを決意したように目を見開き、顎を上げた。

翌日、父はなっちゃんを食事に誘った。

まだなっちゃんは更井が逮捕されたことを知らない。

更井のスマホには、「今週中には実行する。片付いたら連絡する」と、最後のメッセージが残されていた。

なっちゃんからの返信には、「指輪を忘れずに」とだけあった。

指輪とは、父が愛梨に贈った婚約指輪のことだろうと、その場にいた誰もが思った。

そう考えると、母を殺害した動機は一つ、嫉妬である。

「大分前から、達彦を好きなんじゃないかと思ってたのよ」

ふくちゃんは、頭を抱え嘆いた。

前世からの想いだとしたら、父が夢で見たかもしれないと思い、聞いてみたが思い当たる人物はいないと言う。

ならば、なっちゃんが逮捕される前に、頭上の虹に手を翳す必要がある。何としてでも、前世からの因縁を断ち切らなければいけないと、僕の本能が叫んでいるような気がした。

父に打ち明けると、「俺に任せろ」と胸を叩いた。一抹の不安はあるが、ここは父に頼るしか方法はない。

父がなっちゃんに連絡し、キャンデー閉店後に食事をする約束をした。

令状が出るまでは、警察も逮捕することができない。

春くんには悪いが、なっちゃんの前世を視てから連絡をすることにした。

なっちゃんが着く前に、父と太郎で店内に音声付きのカメラを二台設置した。

僕とふくちゃん、太郎、可憐は二階の仏間で映像を見ながら待機する。

なっちゃんは、約束の十分前に現れた。

「あら、珍しいわね。ワンピースを着てるわ」

ふくちゃんが驚いて、画面に顔を寄せる。

僕も、なっちゃんのワンピース姿を初めて見た。いつもはTシャツにジーンズで、股下が父と同じぐらいだと自慢していた。

なっちゃんは顔も綺麗で、スタイルもモデルのようだ。いつもニコニコしていて、母が亡くなってからは、彼女が諏訪家の消えかけた光を明るくしてくれたと言っても過言ではない。家事も完璧で料理も美味しい。

なぜそんな人が父を好きになり、母に嫉妬し、殺害計画まで立てたのか、僕には全く理解できなかった。

「寂しかったのよ……」

ふくちゃんは、しみじみと言った。

「親に捨てられて施設で育って、好きな人ができても振り向いてくれなくて、ひとりぼっちで、そうして歳だけ増えて」

「だからって人を殺してはいけない」

太郎が憎しみに満ちた声を絞りだす。

「孤独という魔物が、人を変えてしまうこともあるの。でも……そうね。どんな理由があろうと、人の命を奪ってはいけないわね」

戦時中に親を失い、子供の頃から孤独と戦ってきたふくちゃんだからこそ、言えることかもしれない。

シーンと静まりかえった部屋に、かすかな機械音だけが飛び回っていた。

店内の映像を見ると、父がなっちゃんにカクテルグラスを差し出していた。

酔わせて寝かせるつもりかもしれないが、なっちゃんが酒に酔ったところを見たことがない。

父の計画が甘すぎて、失敗が目に見えていた。

「今日は、徹夜になるな」

僕は肩をすくめた。

なっちゃんを泊めて、寝ついたところで視るしかない。

父は食事中も自作のカクテルを出しては、なっちゃんに満面の笑みで勧める。

なっちゃんは嬉しそうにカクテルを見つめ、ゆっくりと喉元へ注ぎ込んだ。

三時間が経つ頃には画面で見ても分かるほど、なっちゃんの頭が揺れていた。

予想外の展開に驚いていると、「成功みたいだな」と太郎が立ち上がった。

続けて可憐も立ち上がる。

映像を見ると、父がカメラに向かってオーケーサインを出していた。

寝ているふくちゃんに上着を掛け、僕は太郎と可憐の後に続いた。

店に行くと、父が口の前に人差し指を立てている。太郎と可憐は隣のテーブルに、静かに腰掛けた。

なっちゃんはテーブルの上に置いた両腕を枕代わりに、寝息をたてている。僕は大きく深呼吸を二度繰り返すと、なっちゃんの頭の上にゆっくりと手のひらを移動させた。

手が近づくほどに、ピリピリと鋭い刺激を感じる。修学旅行で、前世が落ち武者の友人を視た時と同じような痺《しび》れだ。

じわじわと黒い靄が、僕の翳した左手を包み込んでいく。真っ暗な闇の中へと吸い込まれ、やがて二人の人物が浮かび上がる。

前世の父と母だった。その周りだけが光を浴び、きらきらと輝いていた。

もっとその奥に意識を集中させると、大きな木の陰から女が二人を見ている。恐る恐る近寄ってみる。

彼女の頭上にある虹は、白い縁取りのある黒だった。

頭上から彼女の顔に視点を変えると、今までにないほどの強い衝撃が走った。

彼女は、へいちゃんの母親だった。

一瞬、目の前が真っ暗になったかと思うと、意識が別の場面に飛んでいく。

押し入れの中で、へいちゃんが泣いていた。

襖は半分開いている。四畳半ほどの狭い部屋で、繰り返される罵倒と暴力。

年老いた男は殴り疲れ、そのまま眠りにつく。顔が膨れ上がった彼女は、台所から包丁を持ち出し、迷う様子もなく、包丁の先を真っ直ぐ男の首に振り下ろす。そして、その包丁を両手で持ち上げ、また振り下ろし、また持ち上げ振り下ろす。

返り血を浴びた彼女の顔は、修羅と化していた。

僕は視ていられず、意識を背けた。が、突然サイレンの音が頭の中で鳴り響く。

咄嗟に空襲警報だと思った。

母親は押し入れで泣いているへいちゃんを背負うと、外へ避難した。

ここまでが、限界だった。いや、これで充分だった。

なっちゃんは前世でも、父に片思いをしていたのだ。しかし、その思いは叶わず、歳の離れた相手と結ばれ、へいちゃんが生まれた。

視た限り、幸せな生活とは言えなかったのだろう。

戦争中の混乱の中で起きた殺人事件は、闇に葬られたのである。彼女は殺人を犯し、へいちゃんが無残な死を遂げても、生き延びたのだ。

罪を償わないまま生まれ変わった魂が、またこの世で罪を犯したら、いつ罪を償う機会を与えられるのだろうか。

僕は前世の世界から冷め切らぬまま、頭がぼうっとしていた。不意にチリンチリンという呼び鈴の音で現実に引き戻されると、春くんが入ってきた。

「更井が犯行を自供したよ。奈津さんとのことも……。もう一台の携帯電話で、やり取りした内容を確認できた」

「更井が、自供したのか？」

父が信じられないといったように首をかしげる。

「光に言われたように、事情聴取の合間に戦後の浮浪孤児の写真付きの本を彼に見せたんだ。更井は夢中になって見て、涙を流してたよ。理由は分からないがその後、自供したんだ」

春くんが僕を不思議そうに見る。

「なんとなく、だよ」

僕はそれだけ言い、口を結んだ。たとえ前世の記憶がなくても、人は誰しも潜在意識の奥深くに前世の記憶を隠し持っているのではないかと思っている。僕の賭けだった。

その証拠に、更井は初めて会った時から、ふくちゃんにだけは心を許していた。それは脳の奥深くに刻まれた前世の記憶がそうさせたのだと、今は確信している。更井（へいちゃん）は、母親をつなぎ止めるために言いつけを守った子供にすぎない。

藤輪奈津は一時間ほどで目を覚ました。

更井が捕まり自白したことを春くんが伝えると、無表情のまま小さく頷いた。

ふくちゃんが、いつの間にか店に下りてきていた。

彼女の腕を取り、「なっちゃん、あなたがどうして……」と、涙を流した。

父は、じっと彼女を見つめたまま、微動だにしなかった。

僕は、なっちゃんを見ることすらできず、言葉も見つからず、ただ立ち尽くしていた。

太郎は、行き場のない拳を固め、うなだれている。

藤輪奈津は、更井と同じく下の一点を見つめたまま、誰とも目を合わせようとはしなかった。彼女の、だらんと垂れ下がった腕にハッとする。

二十二年前、僕を庇って火傷を負った傷が、タトゥーのように刻まれていた。

可憐のスマホで見た、更井に封筒を渡していた女の腕の傷だった。

「あなたのせいでお父さんが！」

突然、可憐が駆けより、子供のように泣きじゃくりながら藤輪奈津の背中に拳を当てる。

太郎が背後から可憐の拳を押さえ抱きしめた。

「達彦、後でまた連絡する」

春くんは父にそれだけ言うと、署に戻っていった。藤輪奈津が連行された後、なぜ酒の強い彼女を眠らせることができたのか父に聞いてみた。

すると父は得意げな顔を見せた。

「酒に強いといっても、彼女がいつも飲んでいたのは、ふくちゃんがケチって薄めて作る度数の低いサワーだよ。俺が作るカクテルは、その十倍は度数が高い。ダイナマイトと名付けた誰でも眠らせてしまう最強のカクテルさ」

確かに、キャンデーで飲むなっちゃんの姿しか見たことがなかった。いつもふくちゃんが作るサワーを美味しそうに飲んでいた。悪酔いしないように、ふくちゃんが薄めていたのかもしれない。

確実とは言えない計画だが、終わり良ければすべて良し、である。

「さ、疲れたでしょ。今日はゆっくり寝ましょう。太郎ちゃんと可憐ちゃんは遅いから泊まっていくといいわ」

ふくちゃんは、「お布団敷くわね」と、上の階に戻った。

「そうだな、明日は多木江に呼ばれそうだし、今日はもう寝よう」

父に言われ、皆頷いた。

この日、僕は初めて深い眠りにつくことができた。

第五章　永遠の愛

太郎の形見となった千人針の手ぬぐいを手に、太郎の実家と思われる場所に辿り着いた。

だが、そこには家どころか建物と言えるようなものは何一つない。あたり一面が焼け野原だった。

ここもまた空襲に遭い、全ての家が燃え尽くされてしまったのだろう。木材を蒸し焼きにした臭いと、何かが饐《す》えた臭いが交わり、鼻がツーンとする。人の姿は見えないが、啜《すす》り泣きの声だけが、かすかに聞こえる。その声を頼りに、ゆっくりと歩を進める。

すると、炭と化した木材の陰から一人の女性が現れた。真っ黒に汚れたもんぺを穿き、首からぶら下がった防空頭巾は焼け焦げている。

顔も煤だらけで、涙の跡だけが光っていた。

「あの、きみはもしかして、太郎くんの妹の、ゆりさん？」

僕は、なんとか声を絞りだした。

女性は、戸惑いながらも小さく頷く。

「僕は、太郎くんと戦地で一緒にいた者です。これを太郎くんから預かりまして」

その後の言葉が出ないまま、僕は千人針の布と彼の手紙を、彼女に手渡した。

ゆりは手紙と、布に付いた血痕を暫く見つめ、全てを悟ったようだった。

「これは、私が兄に渡したものです。必ず生きて帰ってきてほしいと、願いを込めて」

その言葉に、僕の目から大粒の涙が溢れでた。

「太郎くんは、僕を庇って傷を負った状態で特攻機に乗って……。ごめんなさい、ごめんなさい」

ゆりは、謝る僕を優しい目で見つめた。

「兄らしい行いです。あなたを助けることができて、兄も浮かばれます。どうか、ご自分を責めないでください」

ゆりの手が、そっと僕の腕に触れる。

はっきりと感触が伝わってきた。

この時の一郎の気持ちが、僕の中でシンクロする。初めて出会ったにもかかわらず、「生涯かけて、この女性を守っていこう」と、決意した瞬間だった。

＊

二〇二三年　八月十五日

ふくちゃんの誕生日に、父と愛梨は小さなホテルの庭園で結婚式を挙げた。

奇しくも、ふくちゃんの誕生日は八月十五日で終戦日だが、だからこそ忘れないでほしいという、ふくちゃんのたっての願いだった。

父はウェディングドレスを身に纏う愛梨を見て号泣し、式が終わるまでずっと鼻を啜っていた。十年もの間、生まれ変わった母を愛し、ずっと成長する姿を見守ってきたのだから、当然といえば当然だ。

そんな父の思いをよそに、愛梨は出された料理を美味しそうに堪能していた。

確かに母との共通点はあるが、違う点もいくつかあった。

母は自分よりも人の幸せを優先するような人だったが、愛梨は違う。

「自分が幸せじゃないのに、人を幸せにできるはずないじゃない」という考えだ。

人を傷つけるようなことは決して言わないが、自分の考えは、はっきりと言う。

思えば、ランドセルを背負った愛梨を後ろから付けていて、あっけなくバレた時もそうだった。愛梨は見知らぬ男二人を前に、仁王立ちで堂々としていた。

彼女を見ていると、魂にも成長があるのだと感じられる。

魂は永遠に生き続け、この世に生まれ変わる度に成長するのだと。

「人生一回こっきりよ。自分の人生は自分のもの。あなたの思うままに生きなさい。今時、人生百年なんて言われてるけど、百年なんて、あっという間よ」

ふくちゃんは、そう言って笑った。

御年八十六歳のふくちゃんに言われると、説得力がある。

戦争を体験し、戦争が終わっても人生を狂わされた人がどれほどいるだろう。

太平洋戦争での日本の死者は、約三百十万人となっている。

一九四五年三月十日の東京大空襲では、たった一晩で九万五千人を超える一般市民が尊い命を奪われた。その中には戦争の何たるかを知らない、幼い子供や赤ん坊も大勢いたのだと、ふくちゃんは涙した。

だからこそ今、戦争のない国で何不自由なく過ごせる僕たちは、幸せであると感謝しながら生きていかなければいけない。

祖父が生前に、「国と人間の命を天秤にかけるなどもってのほかである。戦争を賛成した時点で戦犯となるのだ。極東国際軍事裁判（東京裁判）で他国を巻き込み、断罪された者たちと同じ運命を辿ることになるだろう」と、幾度となく漏らしていたと、ふくちゃんは語った。

祖父は、日本が戦争を始める前から戦争に反対していたという。

しかし、当時は戦争反対などと声をあげるだけで敵視される時代だった。祖父は自身の考えではない国の命令に従い、戦地で戦い、右手を失い帰還した。

それでも、生きて日本に戻れただけでも幸せだと、笑っていたという。

祖父の他に足を負傷し戦えなくなった者は、軍の命令により自害を強要され自死したという。そして、自害を拒絶する者は仲間に殺害されたとも——。狂気の沙汰である。

戦地で亡くなり、遺骨が見つからず、戦地の砂が遺骨代わりに入っている木箱を渡され号泣する家族もいたという。

国のために戦死しても、身分の低い者に、国は何の補償もしてはくれなかったのだ。

祖父が生きていれば、もっと話が聞けたはずだと思うと、残念で仕方がない。

「光くん、光くん」

不意に背後から名前を呼ばれた。

振り向くと、「光くん、写真撮影だよ」と、可憐が手招きしていた。一人考え事をしている間に、会場にいた皆が撮影場所に移動していた。慌てて父の隣に駆け寄る。

父は涙で腫らした目を僕に向け、にっこりと微笑んだ。

「はーい、みなさん、笑顔でこちらを見てください。はい、チーズ」

青空の下、皆が満面に笑みをたたえる。

式の最後は、愛梨がブーケを飛ばし、参列した未婚の女性がそれを掴み取り、次の花嫁になるというジンクスの催しだ。

愛梨がブーケを勢いよく空高く放り投げると、手を上げながら未婚の女性たちが群がる。

愛梨の会社の同僚や友達、可憐の姿もあった。可憐に受け取ってほしかったが、ブーケはゆっくりと回転しながら、意外な女性のもとに着地した。

ふくちゃん、である。

確かに未婚だが、これには皆、肩を落とした。

可憐に譲ってほしかったが、ふくちゃんはブーケをぎゅっと握り締め、満足げに笑みを浮かべている。譲ってくれとは言えなかった。

僕が物欲しそうにブーケを見ていると、「光、ここにいたか」と、父が笑顔で大きな封筒を僕に差し出した。

「これは何？」

父は僕の問いには答えず、にこにこしている。

封筒を開けてみると、一枚の画用紙が入っていた。

「覚えてるか？　光が五歳の誕生日に描いた絵だよ」

父に言われ見ると、確かに僕が描いた絵だ。

水色の空の下に父と母、ふくちゃんと僕、そして……。僕の隣には、〝かれんちゃん〟と名前が書かれた女の子が立っていた。

「思い出したか？　五歳の誕生日に、光に画用紙とクレパスをプレゼントしてくれたのは、可憐ちゃんだよ。可憐ちゃんのお母さんと電話で話した時に聞いて、驚いたよ。旅行の準備をしてて見つけたから、可憐ちゃんにも見せたいと思ってさ。縁があったんだな」

そう言って、父は優しく微笑んだ。

「うん、ありがとう」

僕は、絵を描いた時の自分の決意を思いだしていた。

新婚旅行に出発する二人を見送ると、ふくちゃんはブーケを大事に抱えたまま帰った。

太郎は、体を鍛えると言い、通い慣れたジムに向かった。

僕は、可憐が見あたらないことに気づき、庭園に戻った。庭園の片隅にあるベンチで、彼女は寝息を立てている。

僕はゆっくりと近づき、彼女の横に腰を下ろした。無防備な可憐の横顔に見とれてしまう。

なぜこれほどまでに、彼女を見るだけで愛おしく想い、胸が張り裂けそうになるのか。

その意味をどうしても知りたいと思った。

そうっと、彼女の頭を僕の左肩にのせた。

日差しを遮るように、右手を可憐の頭上に翳す。

僕は、ゆっくりと目を閉じた。

*

また、僕は空襲で一面焼け野原となった場所に立っていた。

視線の先にいる女性を見て、僕の心臓が激しく波打つ。姿形は違うが、やはり、ゆりは可憐だったのだ。

ゆりは、太郎の手紙を読んでいた。流した涙で手紙のインクが滲む。

そして、読み終えると、僕にも読んでほしいと手紙を差し出した。

お母さん、ゆり　江
眞っ青な空が美しい
これから逝くことすら忘れてしまひさうだ
目を閉じると子供の頃が浮かんで参ります
俺は幸福だつた
本當に有難うございました
お母さんに親孝行できなかつた事残念です
ゆりよ、お前の幸せを希ふ
兄は逝くが勇気を持つて生きるのだ
俺は大聲で笑い逝く

太郎

手紙を書いたことがないと言っていた太郎の、最初で最後の手紙だった。
僕は泣きやまないゆりを抱きしめ、太郎に誓った。
「どれほど生まれ変わろうとも、君の妹を幸せにしてみせる」と。

エピローグ

ふくちゃんのいない家の中は、がらんどうだ。愛梨がいることで明るい笑い声は絶えないが、やはり寂しい。

桜の花が咲き出した頃、皆の笑顔に見送られながら、ふくちゃんは新しい人生へと旅立った。突然のことで心の準備も儘《まま》ならぬまま、ふくちゃんのいない寂しさを埋めるように、僕は静かな部屋で一人、黙々と執筆している。

僕に起こったこれまでの出来事、人には言えない持って生まれた能力、そしてこの力で、これから僕がやるべきこと。

こんな人間もいたのだと後の世に残し、戦争のない世の中が、どれほど素晴らしいことか知ってほしいという願いも込めている。

そして、未来に僕と同じ能力を持つ人間が現れた時、少しでも勇気と希望を与えることができたならと思い、書き始めた。

僕が書く文章で、どれだけの人に想いが伝わるかは分からないが、辞書を開き本を読んだ数が、この世に生まれてから一番多かったことだけは確かだ。

「どうか、この想いが届きますように……」

そう願いながら、僕は原稿用紙を引き出しの奥に仕舞った。

「光くん、みんなが下で待ってるわよ」

扉の向こうから愛梨に呼ばれ、部屋を出て階段を下りた。

キャンデーに入ると、馴染みの顔ぶれがそろっていた。

髪をバッサリ短髪にした太郎が、爽やかな表情で出迎える。出会った時とは比べものにならないほど笑顔を見せ、人とも臆することなく話せるようになった。

いや、もともとが明るい性格だったのかもしれない。あの事件が彼を変えてしまっていたのだろう。

彼は今、警察学校に入学し、日々訓練を受けている。大卒は六ヶ月間の入校だが、高卒で二十八歳の太郎は十ヶ月間の入校が必要だった。

土日は休みなので、わざわざ外出届を出してここに来たのだ。

「光くん、おめでとう」

可憐が光り輝く笑顔で僕を見る。つき合いだして半年以上経つが、今だに彼女の笑顔を見ると、にやけそうになるのをこらえてしまう。

「いや、僕じゃないし」

後で後悔すると分かっていながら、素っ気ない返答をしてしまう。

それでも彼女は、「うふふ、そうね」と、かわいい笑みを浮かべた。

「みなさん、今日の主役の登場です」

愛梨が店の入り口で、はつらつとした声をあげる。チリンチリンと呼び鈴と共に入って来たのは、愛梨の祖父だ。

タキシードに身を包んだ愛梨の祖父は後ろを振り返り、差し出された手を取る。

そして、引き込まれるように入ってきたウェディングドレス姿の女性は、ふくちゃんだ。

父と愛梨の結婚式で出会った二人は、互いに一目惚れをし、その日のうちに連絡先を交わした。その翌日には公園デートを楽しんでいる。

半年でプロポーズされ入籍というスピード婚である。入籍するやいなや、二人で用意した新居に移り住み、家を出ていってしまったのだった。

一言の相談もなく、僕は嘆いたが、「ふくちゃんはやっと、自分の幸せを見つけることができたんだ」と言う父の言葉に納得せざるをえなかった。

僕もまた、可憐に出会えたことで、この上ない幸せを感じていたからだ。ただ、愛梨の祖父とはいえ、ふくちゃんを嫁がせるのには、少々不安があった。

愛梨の祖父は家に来る度、必ずうたた寝をしていたので、一度だけ頭上に手を翳そうとしたことがある。

すると、ふくちゃんは僕の手を握った。

「視ないでいいわよ。わたしたちは運命で出会うべくして出会ったの。この人とわたしが一番よく知ってるもの。だから、いいのよ」

ふふふっと少女のように笑うふくちゃんを見て、それが全ての答えのような気がした。

たとえ前世を視る力がなくとも人間は皆、潜在能力があり、本能で感じとることができるのだ。

人に決められた道を辿るのではなく、たとえ道に迷うことがあったとしても、自分で信じた道を一歩一歩踏みしめて歩いてこそ、幸せが訪れるということを。

この世に生きている限り、決して避けられないことがある。それは「死」だ。どんなに健康に気をつかっても、お金があっても、権力があっても、死だけは誰にも止めることはできない。毎日、死を意識しながら生きている人はどれだけいるだろうか。

今、自分の周りにいる大切な人たちが、明日もいるとは限らない。そう思いながら生きたら、人は憎しみあったり争ったりしないのだろうか。

母を失った五歳の誕生日を、僕は今でも思いだす。棺の中にいた母から抜けだした虹色の魂。何の意味も持たないと思っていた能力によって母の死の真相を知りえた。

その能力によって戦争の残酷さを知ることができた。

人の命は何よりも重く、尊い。戦争は人の命を奪い、生命の誕生を遮り、美しい自然をも破壊する。

世界中の国々が手を取り、協力し合い、平和な世の中になることを、願ってやまない。

今僕は、「戦争のない世界で、全ての人々が幸せであれ！」と、叫ばずにはいられない。


――幸――

〈著者紹介〉
青居蒼空（あおい そら）
岩手県出身。
タレント養成所に所属しエキストラ、映画での方言指導を経験したのち小説家を目指し、ホテル業界で働きながら執筆を始める。現在は清掃の仕事に従事。自由と平和を愛し、各地の平和記念会館を回りながら執筆を続けている。

JASRAC　出　2310131-301
西日本新聞　2018年7月17日公開記事「終戦8・15の記憶　玉音放送の全文〈現代語訳〉」
東京大空襲・戦災資料センター

虹色《にじいろ》の魂《たましい》
―― 永遠《えいえん》の愛《あい》 ――

2024年3月22日　第1刷発行

著　者　　青居蒼空
発行人　　久保田貴幸

発行元　　株式会社 幻冬舎メディアコンサルティング
〒151-0051　東京都渋谷区千駄ヶ谷4-9-7
電話　03-5411-6440（編集）

発売元　　株式会社 幻冬舎
〒151-0051　東京都渋谷区千駄ヶ谷4-9-7
電話　03-5411-6222（営業）

印刷・製本　中央精版印刷株式会社
装　丁　　弓田和則

検印廃止

Printed in Japan
ISBN 978-4-344-94992-8 C0093
幻冬舎メディアコンサルティングＨＰ
https://www.gentosha-mc.com/